講談社文庫

# 緑の髪のパオリーノ

*Fiabe lunghe un sorriso*

ジャンニ・ロダーリ｜内田洋子 訳



講談社

# 緑の髪のパオリーノ◉目次

リーノ・ピッコのおはなし

# 緑の髪のパオリーノ

Fiabe lunghe un sorriso

# リーノ・ピッコのおはなし

Le fiabe di Lino Picco

# 宿題かたづけマシン

## La macchina per fare i compiti

ある日、風変わりな男の人がうちの玄関をノックしました。どう変わっているかというと、マッチ棒を二本つなげたほどの小さな人なのです。自分よりも大きなカバンを肩にかけていました。

「売りたいマシンがありまして」その人は言いました。

「見せてもらいましょうか」父さんが言いました。

「これは、宿題かたづけマシンです。赤い小さなボタンを押すと算数の問題が解け、黄色のボタンは作文を書くためで、緑色のボタンは地理の勉強用です。マシンは、一分間で全部、ひとりでかたづけてくれます」

「父さん、買って！」ぼくは言いました。

「よし、わかった。それでおいくらなのでしょう？」

「お金はけっこうです」小さな人は言いました。

「むだ汗をかくために働いているわけではないでしょうに！」

「はい。でも、マシンの見返りにお金はいりません。欲しいのは、おたくのお子さんの脳みそです」

「なんですって？　あなた、頭がどうかしていませんか？」父さんは叫びました。

「ご主人、ご説明いたしますとね」ニコニコしながら小さな人は言いました。

「マシンが息子さんの宿題をするようになったら、もう脳みそはいらないでしょう？」

「父さん、マシンを買って！　脳みそなんて持っていてもしかたないでしょ？」

　ぼくはねだりました。

　父さんはぼくを少し見てから、言いました。

「わかりました。息子の脳みそをお持ちください。それでおしまい、ということで」

小さな人はぼくの脳みそを取って、小さなカバンに入れました。

　脳みそがないと、なんて身軽なのでしょう！　あまりに身軽で、ぼくは部屋じゅうを飛び回りました。父さんがつかまえていてくれなかったら、窓から外に飛び出してしまっていたでしょう。

「これからは、息子さんを鳥かごの中に入れておかないとなりませんね」

小さな人が勧めました。

「どうしてです？」父さんがたずねました。

「だって、もう脳みそがないからです。このまま放っておくと、小鳥のように森を飛び回り、たちまちおなかを空《す》かせて死んでしまいますよ！」

父さんは、カナリアのようにぼくを鳥かごの中に閉じ込めました。鳥かごは小さくせまくて、身動きできませんでした。ぼくは柵《さく》に押しつけられて、あまりにぎゅうぎゅう押しつけられて……。

おどろいて、目が覚めました。ああ、夢でよかった！

もちろん、ぼくはすぐに宿題に取りかかりました。

# 小さい電車

## Il trenino

プゥートからパエトを走る電車は、〈小さい電車〉と呼ばれています。ポケットに入れられるくらい、小さいらしいです。

一両だけで、席はぜんぶ窓側です。車両はとてもとてもせまいです。でも太ったおじさんたちのために、壁がふくらませてあります。太ったおじさんたちは電車に乗ると、壁のふくらんだところに大きなおなかをはめ合わせて、目を閉じ、幸せな気持ちになります。どうして太ったおじさんたちは、いつも電車で寝ているのでしょうか？

果物《くだもの》の季節になると、運転手のアダルジーソは果樹園の真ん中で電車を停め、木に登って梨を失敬することがあります。みんなは小さい電車の中からそのようすを見て、ウインクします。霧が出ると、何も見えません。すると車掌《しゃしょう》は子どもたちのうしろに立って、何が見えるのかを言ってあげます。長らくこの路線に乗っているので、景色がぜんぶ頭に入っているのです。

「右に見えますのは」と彼は言い、「トウモロコシ畑です。左には、赤いハンカチを振る金髪の娘さんが見えます。左に見えますのは、湖です」

降りる時には、壁のふくらんだところから太ったおじさんたちがおなかを外《はず》すのに少々手間取ります。車掌が手伝って、おじさんたちをうしろに引っ張ります。

「ルイトポルドさん、もう少し力を入れてください」

ルイトポルドさんは一番太っていて、汗をかいてウンウンうなりますが、おなかを引っぱり出せません。運転手のアダルジーソも引っ張るのを手伝い、ルイトポルドさんはやっと電車から降りることができるのです。それから電車は向きを変え、再び出発するのを待ちます。

# ボエモンドさん

Il signor Boemondo

ボエモンドさんは、おもしろい人です。子どもたちを喜ばせるのが、何よりも好きなのです。

電車に乗ります。するとすぐに彼の前に座った子どもたちは、全員が窓の近くに座りたくて、ケンカを始めます。

「ほらほら、仲良くしなさい」ボエモンドさんが大声で言います。「ちょっとおもしろいゲームでもしようか」

子どもたちはおもしろいゲームをワクワクしながら待ちます。

「私がいいと言うまで、ちょっとうしろを向いていなさい」

子どもたちはうしろを向き、ふり返ると、パパの姿がありません。パパの代わりに、肩にオウムをとまらせた老婦人が座っています。緑色と黄色の羽のオウムは、

「マドノ チカクガ イイ、マドノ チカクガ イイ」と、かん高く鳴きます。子どもたちは涙が出るほど笑いこけて、老婦人がいなくなったことに気がつきません。

次にそこに座ったのは、床まで届くヒゲをなでている修道士です。きびしい顔で子どもたちを見るので、子どもたちは魚のようにだまりこくってしまいました。

「これこれ」

老いた修道士が言いました。子どもたちはだまったままです。

「これこれ」

修道士がくり返しました。子どもたちは今にも泣きそうです。うつむいて、靴の先を見つめています。それで、修道士が姿を消したのにもまた気がつきませんでした。

顔を上げると、代わりにものすごく小さな男の人が椅子の上で飛び跳ねながら、ばか笑いしています。

子どもたちも笑います。

「小さな小さなおじさん、あなたのお名前はなんというのです？」

「ボイアルドといいます」

「どうして？」

「私はラルド《あぶら》が好きなもので」

「まったく、バカバカしいこと」

オレンジ色の服を着た老婦人があきれて言いました。

子どもたちは、大笑いしました。小さな男の人はだんだん大きくなっていきます。みるみる大きくなっていくのです。ああ、神様。どこまで背が高くてがっしりした人になるのでしょう！　おっと、あらまあ。ボエモンドさんの姿になって戻ってきたので、子どもたちはよろこんでパパに抱きつきました。

オレンジ色の服の老婦人がしかりました。

「電車の中ではしてはならないことがあるでしょう」

「タバコを吸うのは禁止されていますし、ツバを吐くのも禁じられています。でも私は、タバコを吸いませんしツバも吐きません」

ボエモンドさんは言いました。周りにいた人たちが笑いました。老婦人は怒って車掌を呼ぼうとしましたが、運のよいことに私たちが降りる駅に着きました。

電車から降りる前に、ボエモンドさんは鼻をかみました。どのようにしたのでしょうか？　鼻を顔から外して、ハンカチでしっかりとぬぐいました。そうしながら、オレンジ色の服の老婦人に向かってウインクをしました。みんなが笑いました。老婦人は顔を旗のように真っ赤にして、あちらを向いてしまいました。ボエモンドさんは鼻をふたたび顔につけ、子どもたちをうしろに従えて電車から降り、行ってしまいました。

# ヴェンチェスラオさんの家
## ——La casa del signor Venceslao

ふと顔を上げると、ヴェンチェスラオさんの家がものすごい速さで通り過ぎていくのを見かけることがあります。土台から屋根まで、家が丸ごとゆらゆら揺れながら飛行機のように頭の上を飛んでいきます。煙突《えんとつ》からは、機関車のように黒い煙がもくもくと上がり、流れていきます。家の下には、石炭が入った袋やワインの瓶《びん》、古いワイン樽《だる》が、……つまり蔵が……ぶら下がっています。ヴェンチェスラオさんはパイプを手に、思いにふけった様子で二階の窓のそばに立っていますが、外の人たちに気づきません。

人々は見上げながら、

「ヴェンチェスラオさんは、頭がおかしくなってしまった。出かけるのに、家をまるで飛行機のように使うなんて」

「警察に知らせなければ」

他のだれかが言います。

「だってヴェンチェスラオさんは操縦士の免許を持っていないから、事故を起こすかもしれないし」

家はあっという間に空を突っ切って、丘の向こうに消えてしまいました。しばらくすると、今度は逆方向に空を飛んでいき、村の近くの教会の百メートルほどうしろに着陸しました。もともと家が建っていた場所です。

「ああ」

「ヴェンチェスラオさんの散歩が終わった」

「ヴェンチェスラオさんが、窓のそばでパイプを吸っている」

「頭の中の歯車のどれかがうまく動いていないようだね」

人々が言います。

ヴェンチェスラオさんは、夜になるといつもの散歩に出かけます。一階の窓のそばに座っている彼と話していると、突然、彼が手を振ってあいさつし、家は小さく汽笛のような音をたてて地面から離れ、空に上っていきます。時計塔の周りを二、三周してから、丘のほうへ飛んでいくのです。

# パオリーノの木

## La pianta Paolino

畑で働くピエトロは、生まれてきた子の髪が緑色なのでとてもびっくりしました。それまでピエトロは、黒や金、赤い色の髪は見たことがありましたし、トルコブルー色の髪の妖精《ようせい》のことも聞いたことがありましたが、緑色の髪は見たことがありませんでした。

赤ん坊を見に来た女の人たちは、「頭にサラダが乗っているみたい」と言いました。父親は、パオリーノと名前をつけました。女の人たちは、サラダのパオリーノ、と呼びました。髪を診察するために医者たちが呼ばれました。医者は、どこも悪くありませんと言い、処方せんを書いて帰っていきましたが、髪はあいかわらず緑色のままでした。子どもが二歳になったころ、おじいさんといっしょに草原にヤギを連れていきました。すると突然ヤギが子どもに近づき、おじいさんの目の前で子どもの髪をムシャムシャと平らげて、頭は刈りたての原っぱのようになりました。それでパオリーノの緑色の髪が毛ではなく、新鮮でやわらかでぐんぐん育つ草だとわかったのです。「海の真ん中でもヤギを飼えるな」パオリーノのお父さんは笑いました。

春になると、緑の頭の真ん中に、きれいな黄色のマーガレットの花が現れました。頭にマーガレットの花が咲く子どもを見ようと、みんな、遠くからやってきました。

パオリーノは少年になり、あるとき悪さをしました。すると、美しい緑ではなくトゲだらけの硬い草が生えました。その草が伸びて目にかかるので、パオリーノは外に出るのがとても恥ずかしくなりました。それからは、二度と悪いことはしないと誓《ちか》ったのでした。

何年かすると、草の中に小さな木が生え育ち始めました。それはカシの木で、パオリーノが年を取るにつれ、どんどんたくましく強い木になっていきました。五十歳の頃には、なかなか立派なカシの木となりました。

夏になっても、パオリーノは木陰に入る必要がありませんでした。自分の頭に育つ木のおかげで、心地よい風の吹く陰があったからです。

パオリーノが八十歳になると、大きくなったカシの木には鳥たちが巣を作り、子どもたちは木に登って枝の間で遊び、中庭にやってきて卵や水のほどこしを受けていた物乞《ものご》いたちはパオリーノの木陰でひと休みするようになり、言葉を尽くしてその親切に感謝しました。パオリーノが亡くなると、木が地上で生き続け大きくなれるように、立ったまま埋葬されました。今では、葉がびっしりと繁《しげ》るカシの老木となり、〈パオリーノの木〉と呼ばれています。木の周りには緑色に塗ったベンチが置かれて、女の人たちはそこに座って靴下を編み、男の人たちは農作業の合間に野菜スープを飲んだりパイプをくゆらせたりしています。

お年寄りたちは、暗くなるまでそこに座っています。パイプの中の火種が赤く見えています。床につく前に、お年寄りたちは友達だったパオリーノに声をかけます。

「おやすみ、パオリーノ。君は本当にいい奴《やつ》だった」

# 小さな雨男

## L'omino della pioggia

私は、小さな雨男を知っています。その小さな人は軽くて軽くて、雲に住んでいて、ふかふかでしっとりした床を踏み抜かないように、こちらの雲からあちらの雲へと跳び移ります。

雲には、たくさんのじゃ口があります。小さい人がじゃ口をひねると、雲から地上に水が落ちます。小さな人がじゃ口を閉めると、雨は止みます。小さな雨男はじゃ口をひねったり閉めたりするのに忙しく、ときどき疲れてしまいます。疲れに疲れてしまうと、雲の上に横になって眠ります。眠って、眠って、眠って、でもじゃ口を全部開けたままなので、雨は降り続いています。幸い、突然にいつにも増して大きな雷が鳴り、目が覚めます。小さな人は飛び起きて、叫びます。

「なんてことだ。どれくらい眠っていたのだろう！」

下をのぞくと、降り続く雨のなか、灰色のさみしそうな町や山、畑が見えます。それでこちらの雲からあちらの雲へと跳び、大急ぎでじゃ口を閉めに回ります。やっと雨が止み、小さな雨男を乗せた雲はやさしく揺れながら、風に押されて遠くへ流れていきます。それでまた小さな人は眠ってしまいます。

目が覚めると、叫びます。

「なんてことだ。どれくらい眠っていたのだろう！」

下をのぞくと、雨が一滴も降らないので、干《ひ》からびてほこりっぽい地上が見えます。それで空を駆け回り、すべてのじゃ口を開けます。ずっとこのくり返しです。

# 番号13のきっぷ

## Il biglietto numero 13

路面電車に乗ると必ず、感じの悪いおじさんに会います。卵のような頭で、鼻は脂ぎっていて、とてもとても小さいので見えづらいのですが、あまりにやっかいな人なのでみんながうんざりしています。

運転手がその人にきっぷを渡します。

「いや、いりませんっ！」

感じの悪いおじさんは叫びます。

運転手はていねいにたずねます。

「どうしてでしょうか？」

「きっぷの番号が13番で、縁起が悪いからね」

とても親切な運転手は、13番は縁起が悪いということはないし、そのような話は信じないように、と説明します。

「きみはだまってなさいよ！」卵頭のおじさんはどなります。「私はとても重要な人物で、きみより私のほうが正しいんですからね！」

運転手は言い争いをさけるために、きっぷを取りかえて番号14のものを渡します。

「返します！　返します！」

感じの悪いおじさんが叫びます。だれかに魚《うお》の目《め》を踏まれたみたいに跳ねています。

「なぜです？」

運転手はおどろいてたずねます。

「だって黄色でしょう！　緑色じゃなきゃいりませんよ！」

「緑色のきっぷはないのですが」

「持っているくせに。カバンに入っているけど、出すのがめんどうくさいんでしょ。働く気がないんですね！」

運転手は変わりなく親切に、カバンの中を見せます。緑色のきっぷはありません。

やっかいなおじさんは少し落ち着いたようでしたが、車掌が乗ってきてきっぷを切り始めると、「きっぷにゆがんだ穴を開けましたね！」やっかいなおじさんがきりきりしながら叫びます。

「路面電車の関係者たちは、もうお払い箱だ！」

「どうしましたか？」

車掌がたずねました。

「これを見なさいよ。なんにもできないんですね。穴はまん丸に開けるものでしょう。新聞に苦情を投稿しますよ。市民はゆがんだ穴にうんざりしていますって」

車掌はとてもよい人ですから、腹を立てません。そこで感じの悪いおじさんは、ますます運転手にからみます。

「きみ、最初の道をすぐ右へ曲がって！」

「運転手に話しかけるのは禁じられています」

私は、にっこりしながらおじさんに言います。

「あなたには関係ないことだ、黙っててくださいよ。運転手さん、右へ曲がって、と言ったでしょう」

「そんな。できませんよ。線路がないのが見えませんか？」

「そんなこと、関係ありませんね。きっぷ代は払ったし、最初の道を右へ曲がったところに住んでいるから、そこへ連れていってもらいたいんですよ。おわかりになりましたかね？」

「聞こえていないわけではありませんから。ただ、路面電車は線路のない道は走れません。どうすればよろしいのでしょうか？」

「もう、たくさんです！」感じの悪いおじさんは、壊れたクラリネットのような声で叫びます。「もうけっこう。路面電車で働く人たちは全員、ぐうたら者だ。知事に手紙を書いたら、どうなるでしょうね！　すぐに降ろしてください！」

「でも、ここには停留所がありませんから」

運転手はしんぼう強く説明します。

「えらそうに！　いばりくさって！」

感じの悪いおじさんはどなります。

停留所であまりに大慌てで降りたので、転《ころ》んでしまいます。

運転手は起こし、メガネを見つけ、コートの汚れを払ってあげます。

「放っといてください！　触らないで。警察を呼びますよ」

ちっぽけなおじさんが大声をあげました。

それから大急ぎで、路面電車で働く人たちは不愉快でいじわるな人ばかりだ、と新聞へ投書しました。

みなさんは、どう思いますか？

# バルバ《ヒゲ》おじさんのおはなし

―Storia dello zio Barba

これは、長いヒゲを生やした人のおはなしです。バルバ《ヒゲ》おじさんを知っていますか？　みなさんは知らないでしょうが、私は知っています。年を取っています。だれよりも年寄りです。おじさん自身よりも年を取っているほどなのです。

彼のヒゲは年々長くなりますが、一度も切ったことがありません。あまりに長くなり、バルバおじさんは出かけるたびに自分のヒゲにからまってひっくり返ってしまいます。それでどうしたでしょうか？　おじさんは旅行カバンを買い、歩くときにじゃまになる部分をその中に入れました。カバンを持って出かける様子は、チョコレートやアメの行商人のようです。でもカバンの中には、おじさんのヒゲしか入っていません。

ヒゲはとても長いので、日陰のない野原で眠くなると、バルバおじさんはヒゲで小屋を作ります。どのように作るのでしょう？　杭を二本立てて、てっぺんにヒゲの先っぽをくくりつけます。自分のヒゲでできた日陰に寝転んで眠ります。遠くから見ると、真っ白な小屋です。雪で作ったエスキモーの家のようです。でも、バルバおじさんのヒゲで作った小屋なのです。

# ココニイールさんのちょびヒゲ

## I baffi del signor Egisto

ココニイールさんは、幸せではありません。鼻の下にヒゲが生えないからです。どうすればいいのでしょうか？

彼の家に住んでいる男の人たちは、みんなちょびヒゲを生やしています。太ったおばさんたちの何人かも、鼻の下にヒゲがあります。ところが、ココニイールさんにはありません。

〈片方だけでもあるといいのに〉ココニイールさんは悲しくなります。〈小さな小さなちょびヒゲが、片方だけにでもあるといいのに。ヒゲ半分でいいから、ほくろくらいの小さなのでいいから、せめて半分、ヒゲがほしいなあ〉

ココニイールさんが思いに思って、あまりに思いつめたので、本当に鼻の下にヒゲが生えてきます。でも生えるのは片方だけです。みんなは鼻の下にふた方向にヒゲがあるのに、片方だけヒゲを生やしたココニイールさんは、少しおかしな感じがします。

口の半分は、真っ黒でふさふさしたヒゲに埋もれています。あと半分は、子どものようにツルツルのココニイールさんです。

「これだと笑われてしまうな」鏡を見ながらココニイールさんは言います。「対《つい》になるように、もう片方にもヒゲがほしいな」

思いに思って、もう片方にもヒゲが生えました。ココニイールさんはとても喜んで、けっしてヒゲをそらない、と決めます。

時間が経《た》つにつれてヒゲはどんどん長くなり、口からあごへ、そして胸まで届くほどになりました。

ココニイールさんは、食べるときにとても苦労します。食べ始める前に、ヒゲを頭の上に結《ゆ》い上げて、口元をすっきりさせます。

頭の上にまとめたココニイールさんのヒゲは、二本の三つ編みのようです。

やがてココニイールさんのヒゲは長くなりすぎて、ポケットにしまわないと歩けなくなりました。右側のヒゲは右のポケットに入れます。左側のヒゲは左のポケットに入れます。

ときどきココニイールさんは、ヒゲを使って小包を作ります。これほどしっかりしたひもはありません。馬に乗るときには、ヒゲが手綱《たづな》として役立ちます。

ときどき奥さんがこう言います。

「ココニイール、洗濯物を干したいから、ヒゲを貸してくれる？」

ココニイールさんはバルコニーにおとなしく座り、奥さんが手すりにヒゲを結びつけると、りっぱな物干しロープ二本のできあがりです。洗濯物が乾くまで、ココニイールさんは新聞を読みます。

同じ公団に住む男の人も女の人も、ココニイールさんのヒゲを見ようとバルコニーに出ます。妻たちは自分の夫たちに、

「ヒゲだって、ああして何かの役に立っているでしょ。そうでなければ、鼻の下にコンマを二つ並べていたって何の意味もないでしょ？」

これがココニイールさんのちょびヒゲのおはなしです。

# パーティー用の鼻
## ——Il naso della festa

鼻をふたつ持っているかじ屋がいました。ひとつはふだん使いで、もうひとつはパーティー用でした。ふだん使いの鼻は、イボや吹き出物だらけでした。パーティー用のは、スベスベでやわらかくツヤツヤしてすばらしい鼻でした。毎週日曜日の朝、かじ屋は妻を呼び、言いました。

「ローザ、パーティー用の鼻をもってきてくれないか」

ローザが行李《こうり》の中にしまってある小箱から鼻を取り出すと、かじ屋はみにくい鼻を外してベッド脇の小机に置き、きれいな鼻を顔につけるのでした。

酔っ払うといつも、ふたつの鼻をいっぺんにつけようとするのですが、どちらの鼻をかんだらいいのかわからなくなるのでした。

# とても小さな家

Una casa tanto piccola

グスターヴォさんは、自分のために家を造《つく》り始めました。でもお金がないので、たくさんレンガを買えません。そのため家は小さくて小さくて、あまりに小さいので、家に入るためにグスターヴォさんは腹ばいにならなければなりません。いったん中に入っても、頭が天井にぶつかってしまうので立てません。座ったままでいなければなりません。

子どもたちは小さい家の屋根の上で飛び跳ね、グスターヴォさんがいないときは、ときどき家を草むらに隠したりします。グスターヴォさんは家を探して村じゅうを歩き回りますが、見つかりません。

とてもいい人なのに、気の毒です。窓台《まどだい》には、スズメにやるパンくずの代わりに、子どもたちのためにアメを置きます。通りかかる子どもたちは、ひとり一個、アメを持っていっていいことになっています。こうして、グスターヴォさんと子どもたちは仲良くなります。子どもたちがたずねます。

「この小さい家を建てるのに、レンガを何個使ったの?」

「一一八個だよ」

「モルタルは、どのくらい?」

「二百五十グラムだ」

グスターヴォさんが答えます。

子どもたちは笑います。彼も笑います。みんな幸せです。

# ドロボウたちのための玄関ブザー

## Il campanello per i ladri

グリエルモさんは森に住んでいて、ドロボウたちをとてもこわがっています。グリエルモさんはお金持ちではありませんが、そんなことはドロボウたちにはわからないでしょう？　考えに考えて、グリエルモさんは貼《は》り紙を書き、それを玄関のドアに貼ることにしました。

〈ドロボウの方々、ブザーを鳴らしてください。自由に入り、自分たちの目でここには何も盗むものがないことが確認できるはず（夜はブザーを長めに押してください。私は眠りがとても深いので）。署名：グリエルモ拝〉

ある夜、ブザーの鳴るのが聞こえます。グリエルモさんは、誰が来たのか走って見にいきます。「僕たち、ドロボウです！」大声が聞こえます。「すぐ行きます！」グリエルモさんは言います。大急ぎで玄関ドアを開けると、つけヒゲと目にアイマスクを着けたドロボウたちが入ってきます。グリエルモさんは家じゅうを案内し、ドロボウたちは、盗むものがまったくない、米粒ほどの宝石すらないのを知ります。ブツブツ文句を言い、そして去っていきます。〈貼り紙のおかげだ！〉グリエルモさんは思いました。

今では、ドロボウたちがよく訪ねてくるようになりました。背の高いのや低いの、やせにぽっちゃり、といろいろな人たちがいます。貧しいドロボウを見ると、グリエルモさんは何かしら見つくろって贈ります。せっけんやヒゲそり用のカミソリ、パンやチーズを少々、など。ドロボウたちはいつもグリエルモさんに対していねいで、おじぎをしてから出ていきます。

# 彫刻家リッカルド

Lo scultore Riccardo

リッカルドほど偉大《いだい》な彫刻家は、ほかにいません。彼が作る彫像が特別なのは、できあがった作品が台から飛び下りて、おじぎをし、外の世界に歩み出すほど自由なところです。大工のジェペットの手から生まれたピノッキオが、好き放題したように。

たとえば、リッカルドが羊を彫《ほ》るとします。たっぷりとやわらかな毛で、このやわらかなというのはものの言いようなのですが、だって大理石やときどきは粘土、木で作られた毛なので。大理石でできた毛も、あの……本物の毛のようにあたたかなのでしょうか。

それはさておき、リッカルドが羊を彫ると、できあがったとたんに鳴きます。

「メエエエエ！　メエエエ！　どうもありがとうございます、彫刻家さん。近くに新鮮な草が生えている野原があるか、知りませんか？　お腹が空いて、石でも食べてしまいたいくらいです」

「石だって、じゅうぶんに食べられますよ」彫刻家は親切に答えます。「だって、あなたの口は石ですし、しっぽだって石なのですから」

「では石を試してみます、お望みなら」羊は言います。「でも、やはりどうしても草を少し食べたいのです。レタスの葉を二、三枚ほどでいい。イラクサでもかまいません。ないよりはましですから」

彫刻家はとても親切に、公園への道を教えます。羊は礼を言い、子犬のようにしっぽをふりながら行きます。それから彫刻家リッカルドは、ヘルメットをかぶり斧《おの》を持った消防士を彫ります。仕上げのひと彫りをする前に、消防士は大急ぎで台から飛び下りて叫びます。

「急いで、急いで！　ポンプで水を！　こちらに水を回してください！」

「落ち着いてください、落ち着いてください、消防士さん。ここは何も燃えていませんよ。燃えるとすればただひとつ、りっぱなあなたの身体《からだ》だけです。もしかしたら、自分が木でできているのを知らないのではありませんか？」

「なんてことでしょう！」彫像が叫びます。「どうして消防士を木で作ろうなんて思ったのです？　すぐに燃え移ってしまうから、火事場に近寄れないじゃないですか」

ちらです」

「どうしたらよいのでしょうね」にこにこしながら彫刻家は答えます。「そんなこと、考えもしませんでした。でももし消防活動をなさりたいのでしたら、消防署はあちらです」

消防士はしょんぼりうつむきながら、向かいます。「よりにもよって木で私を作るだなんて！　大理石や真ちゅうでも作れたでしょうに」

彫刻家リッカルドの作る彫像たちは、世界じゅうを巡ります。そして彼に会うためにときどき帰ってきては、自分たちの冒険談を話します。あるとき彫像が悲しい悲しい様子で帰ってきて、文句を言いました。

「リッカルドさん、どうして私にコブをつけたのですか？　子どもたちはからかうし、迷信好きの女の人たちは、運が良くなる、とさわりたがるのです」

かわいそうなコブ持ちが話している最中に玄関のドアが勢いよく開き、大きな青銅の像が雷のような声をとどろかせながら入ってきました。

「よろしいかな、あなた、私のブーツを作った彫刻家さん。私の脚《あし》を修理しないと、あなた、ひどい目にあいますよ」

「脚がどうかしましたか？」

「どうしたかって、曲がっているんですよ。あなたは、私に曲がった脚を作ったのです。こんな脚で私が外を歩けるとでもお思いですか？」

三番目がやってきました。今朝はまるで聖者の行進のようです！　三番目は、腕が身体のほかの部分よりも短すぎる、と文句を言います。次に馬がやってきて、彫刻家が目をひとつしか作らなかったと文句を言い、女の子はリッカルドが指を五本ではなく二本しか作らなかった、と泣きます。

「みんな指が五本よ」女の子は泣きます。「それなのに、どうして私は二本しかないの？」

まあ、いったいこの人は誰でしょう？　目も鼻もない男の人です。顔は丸くてつるりとして、卵みたいです。

「みんなが僕の頭をビリヤードの玉かビー玉とまちがえて、石を投げるのです。お願いですから、せめて鼻だけでもつけてくれませんか？　耳までとは言いません。なくても何とかなりますから。でも鼻はどうか、ひとつ。つけるのなんて、簡単でしょう？　スープ用の固形コンソメくらいの大きさの大理石が二つあれば、僕の鼻になる」

そのうち彫刻家リッカルドの工房は、自分の見てくれに不平を言う人でいっぱいになりました。作り忘れた足を欲しがる人や、しっぽのない馬が歩き回るのなんて変だから、としっぽを欲しがる馬、リッカルドが司令官のようなつるりとした頭に作ってしまい、髪を欲しがる女の人などです。彫刻家リッカルドは、ほとほと困ってしまいます。

初めのうちは、言いわけをしようとします。

「みなさんは、ほかの人たちとは違います。みなさんは彫像なのです」と、説明します。「ですから、現状のままでもよろしいか、と」

「それはどうも。でも私たちは、この状態ではいやなのです。僕は鼻が欲しいです」

ビリヤードの玉のようなつるりとした頭の男の人が答えます。

みんながあんまり言いたい放題なので、リッカルドは腹をくくります。腕まくりし、自分のまちがいをすべて直すために大急ぎで作業にとりかかります。列に並んで修理の順番を待つあいだ、彫像たちはおしゃべりをしています。たとえ大理石でできていてもしっぽがなければ馬ではない、とか、指が二本でなく五本あれば美しい彫像になる、とか、鼻がない人は病院に行かなければならない、などです。でも彫像のための病院は、今のところまだ新設されていません。

# 老いた船乗りの冒険

## Le avventure del vecchio marinaio

老いた船乗りは一日じゅう港の食堂に座ってビールを飲みながら、航海の話をします。

「あれはクジラをとりに行ったときのことだった。私が銛《もり》を投げた。すると、潮吹《しおふ》き穴の真うしろに命中した。ヤツはものすごく大きくて、ゆうに二十メートルはあった。急所を一撃《いちげき》されて、クジラは私たちの船を小枝のように引きずり、大暴れしながら海を泳いでいった。私たちは急に息ができなくなり、折り重なって倒れた。いったい何が起きたのだろう？

クジラは虹《にじ》の中にすべり込み、全速力で黄色とオレンジ色のあいだを上っていくところだった。この暴れん坊の生きた曳《ひ》き船《ふね》に銛を打ち込んだせいで、私たちの船も引きずられてめちゃくちゃな冒険につき合うことになった。助かったのは、私が気をしっかり持っていたおかげだった。ナイフを抜き、ロープを切った。たちまち船は後ろにすべり出し、海へもどっていった。クジラはどんどん虹の上へと勢いよく泳いでいき、向こう側へ下りていくのが見えた。もう引きずられる心配はなかった。うまくロープを切ったので、ほうびをもらったよ」

老いた船乗りはビールを少し飲み、ヒゲで口をぬぐってからまた話し始めました。

「ソロモン諸島の沖合では、ひどい時化《しけ》にあった。またたく間に波がこちらの手すりからあちらの手すりまで甲板を洗い、風はマストをつまようじのように引きちぎった。船長は、積んでいた油をすべて海に投げ捨てるように命じた。油は海を落ち着かせる力があるのでね。備え置きの油をタンクから次々と海に放り込んだ。海はときどきしずまったものの、嵐が大暴れを繰り返した。

『船長』しばらくして甲板長が叫んだ。『もう油がありません』

ぞっとしたな。

幸い私はいいことを思いついて、叫んだ。『船長、私に任せてくれませんか？』

『ここから抜け出させてもらえるなら、悪魔だって信じるよ』船長は答えた。

『それでは』私は返した。『船員全員に髪を洗い、汚れたすすぎ水を油タンクに入れるように命じてください』

すぐに指令が出された。大嵐の中、三十人の船乗りたちが桶で髪を必死に洗い、すすいだ水を油タンクに入れる様子は、なかなかこっけいだった。私が予測した通りだった。私は仲間のことを知っていたからね。船乗りたちは毎朝、髪をポマードで固める習慣があった。髪を洗ったら、ポマードがこってりと濃い油となって流れ落ちたんだ。

すぐに、船のまわりにタンクの中身を空けさせた。たちまち奇跡的な効き目があった。波は、ギトギト、ネトネトしたバリアを越えられなかったんだ。やがて嵐が収まった。私の機転のおかげで、ポマードに救ってもらったんだ。

あるとき、ニューギニアの沿岸で難破《なんぱ》した。知らないうちに、私は海に放り出されていた。波は山のように高くて、泳ぐのはとうてい無理だった。つかまって浮いていられるような切れ端も見あたらない。どうしよう？　助かるには他に方法がない、と覚悟をきめた。うねる波につかまり頂上までたどり着いたら、必死で次の波頭に跳び移った。波のすそまで滑り下りていき、新しい波へ乗り移ろうと身を任せた。そのまま波の頂上まで上り詰め、再び跳んだ。陸が見えてくるまで、これを何百回も繰り返した。そのうち海がおだやかになったので、泳ぎ始めることができた。このときも、私のひらめきのおかげで命拾いしたんだ」

「たいしたことではないけれど」と、老いた船乗りは続けました。「あるとき私が乗った船は氷山にぶつかって壊れてしまった。私と仲間三人だけが生き残った。このときはどうやって助かったか、って？　寒さに耐えながらシャツを脱ぎ、一枚ずつ縫いつないで、沈没した船の残がいのマストの先に結んだんだ。すぐにシャツは風で帆のようにふくらんだ。帆を操りながら、氷山を舟代わりに操縦して南へ向かった。いよいよ陸に近づいてきたとき、急場しのぎの舟の底が太陽の熱で溶けてしまった。岸から離れていなかったので、泳いで助かったんだ」

# 悪いヤツら
## ——Il bandito

けちんぼう「私は七十歳になったけれども、ピンピンしています。三つの蔵には金《きん》が、穀倉には銀がいっぱい詰まっていて、二枚のマットレスの中には千リラ札が詰め込まれています。やっと安心して老後を楽しめるはずでしたのに、結婚したいと娘が言い出しまして。だれを婚約者に選んだと思いますか？　一文《いちもん》なしのチビ男、リーノ・ピッコですよ。娘を呼んで、食うにも困るような男との結婚なんて論外だ、とわからせてやるつもりです。イザベッラ！　イザベッラ！」

イザベッラ「はい、父さん」

けちんぼう「金輪際《こんりんざい》、もうあのド貧乏なヤツとは会ってはならない。はしにも棒にもかからないヤツなのだから」

イザベッラ「でも、私は彼と結婚したいのです、父さん」

けちんぼう「何をばかなことを。金貨入りの袋と、金庫と、銀行の小切手帳と結婚するんだ」
イザベッラ「でも、お金《かね》はお話ししてくれません、父さん。小粒でもピリリと辛《から》いリーノ・ピッコは楽しい話をたくさんしてくれます。彼と結婚したいのです。ヒック！ ヒック！」（泣いています）
リーノ・ピッコ（隠れたまま）「かわいそうなイザベッラ。なぜ泣いているんだろう？ きっと、あの老いぼれのけちんぼうのせいだ。僕がなんとかする。（大きな声で）ごめんください！」
けちんぼう「どなたですか？」
リーノ・ピッコ「悪党です」
けちんぼう（ひどくおどろいて）「そりゃ大変だ！ どうしよう？ 悪党さん、何がお望みですか？ 私は一文なしの老人です。金歯が一本あるだけです。それでよろしければ、すぐに引き抜いて窓から投げます」
リーノ・ピッコ「金歯はいらない。三十二本、自前の歯があるからな。白くて丈夫。石もかみくだけるぞ」
けちんぼう「歯を三十二本お持ちでしたら、ほかにお望みのものがありますでしょうか？」

リーノ・ピッコ「金が欲しい」（窓から飛び込んできました）

けちんぼう「かんにんしてください、悪党さま！　お慈悲《じひ》を！　どうしてもなにかお望みでしたら、私の脚を一本、切り落としてください」

リーノ・ピッコ「金が欲しいんだ。（イザベッラに向かって小声で）イザベッラ、ぼくに気がつかないふりをするんだよ」

けちんぼう「ヒゲも全部、両脚もさしあげますから、どうかお金はそのままにしておいてください」

リーノ・ピッコ「あんたのヒゲをもらっても、使い道がない。靴みがき用のブラシにもならない。あんたの足はへん平足だ。美しい娘がいるな。彼女をもらおう」

けちんぼう「どうぞお連れください、悪党さま。愛しいイザベッラよ、このお方についていきなさい。父さんから金を盗《と》らない、優しい人なんだから」

イザベッラ「いやです、私はリーノ・ピッコと結婚したいのです！」

けちんぼう「悪党さま、お聞きになりましたか？　語り部と結婚したい、と申しております。でも私は父親ですから、私の言う通りにさせましょう」

リーノ・ピッコ「よし、わかった。握手して、契約は成立だ」

けちんぼう「はい、契約成立ですね。これで、イザベッラはあなたの妻です」(玄関のドアをたたく音)
けちんぼう「いったい今度はだれだ？」
悪党「悪党だ。すぐにドアを開けろ」
けちんぼう「なんてことだ。何かの間違いだ。すでにここに一人いるんだから。外にいる悪党さん、お金はすべて、うちの中にいる悪党へもう渡してしまいました。となりの家へ行ってみたらどうです？」
悪党「つべこべ言うな。すぐにドアを開けないと、家ごと壊してやる」
リーノ・ピッコ「ドアを開けてください。私におまかせください」
けちんぼう「外の悪党さん、どうぞお入りください」
悪党「おい、金はどこにある？」
リーノ・ピッコ「蔵です。僕についてきてください。すぐにお渡ししますから」
けちんぼう「ああ、うらぎられた」
イザベッラ「彼にまかせておくのです、父さん。きっとうまくいきますから」
けちんぼう「私の金が！　悪党さんたち、私の爪を引き抜いてください。髪も一本ずつすべて引き抜いてください。でも大切な、金色、黄金色に輝く私のお金には手をつけないでください！」（リーノ・ピッコと悪党が部屋から出ていきました。何か叫び声がして、リーノ・ピッコが戻ってきました）

リーノ・ピッコ「片づけてきました。悪党は蔵に閉じ込めてあります。警察を呼びましょう。悪党はお金を欲しがり、今はその願い通りになっています」

けちんぼう「ありがとうございます、第一番の悪党さん！　感謝のしるしに、私の金歯をいかがでしょうか？」

リーノ・ピッコ「けっこうです。もう僕にはイザベッラがいますから」

イザベッラ「そうね。行きましょう、私の大切なリーノ」

けちんぼう「今、なんと言った？」

リーノ・ピッコ「彼女が言った通りです。僕が、チビ男リーノ・ピッコです」

けちんぼう「なんてことだ！　私をだますなんで、ひどいじゃないか。娘をリーノ・ピッコに妻としてやってしまった」

イザベッラ「父さん、彼がいなかったら、悪党にお金を盗られていたところでしたよ」

リーノ・ピッコ「なんなら地下へ下りて、蔵を開けてきましょうか？」

けちんぼう「いやいや、とんでもない。二人とももう行ってよろしい。結婚祝いに私の金歯はどうかね？　あるいは銀歯のほうでもいいかな？」
リーノ・ピッコ「あなたのヒゲにキスして全速力でここから出ていければ、それでもう十分です」

# 善い魔法使い
## Il mago buono

私は、みんなの希望をかなえる、善い魔法使いになった夢をよく見ます。

地面に捨てられた吸いがらを拾っている浮浪者のそばを通ります。かわいそうに、タバコが好きなのに買うお金がないのです。

私は、足で吸いがらに触れます。トンッ。すると、その吸いがらは永久に減らなくなります。一ミリも減らず、朝も夜もずっと吸っていられます。吸い飽《あ》きたらポケットに入れておき、また吸いたくなったら出せばいい。もうタバコ屋に行く必要はありません。

アイスクリームを買いたいのに、百リラしか持っていない男の子のそばを通ります。

「アイスクリームを注文しなさい」私は彼に言います。

「でもぼく、百リラしか持っていないのだけど」

「言うとおりにして。カウンターの上に百リラを置くんだ。そう。そして、ポケットを見てごらん」

ポケットには、また百リラが入っています。

「出して。ポケットを見てごらんなさい」

また百リラが入っています。男の子はポケットから百リラを一万回、取り出すことができます。それでもいつもポケットには、百リラが入っているわけです。

持っていた赤い風船の糸が切れて空に飛んでいってしまい、泣いている男の子のそばを通ります。私は、その子の指に触れます。するとすべての指から赤い風船が出てきます。空に飛んでいってしまうたびに、指からさっきのより、もっと大きくてもっと赤いのが出てきます。私は善い魔法使いでしょう？

# スペードのジャック──Il Fante di picche

おばあちゃんが、テーブルクロスの上にトランプでお城を作っています。かなり高くまでできましたが、今晩は一枚のトランプがソワソワしています。スペードのジャックです。

一番上の塔《とう》に屋根を作り、しっかり見張りをするようにスペードのジャックを載《の》せようとするのですが、うまくいきません。

「ちょっと」おばあちゃんが叫びます。「あなた、めまいがするの？」

「そうなんです、フェリチタさん。めまいがするんです」

え、今のだれ？　私たちじゃありませんよ。じっと静かにしていましたからね。私たちはテーブルにひじを突き、実に上手にトランプでお城を作っているおばあちゃんを見ていました。

「かわいそうに」おばあちゃんが言いました。「どうして最初に言ってくれないの？」

「そうなんです。ですから、どうかそんな高いところには載せないでください。えっと、あの二階の窓のところなら、だいじょうぶです。あそこからでも敵を見張って、やってきたら警報を出せますから」

今の声、だれ？　私たちじゃありません。私たちは口を開けていないし、身じろぎひとつしてません。

では、だれだったのでしょうか？

ああ、彼だったのですね。スペードのジャック。ジャックがひじで押し分けながら、トランプの中から全身を現しました。トランプでは見えていなかった脚もです。細い脚には、ひざ丈の緑色のズボンにピンク色のハイソックスをはいています。うやうやしくおじぎをして、あいさつをしました。

「どうかお願いです」すぐに言いました。「トランプから抜け出たことは、どうか王様《キング》には言わないでください。スペードの王様は恐ろしい人です。ポケットすべてに悪魔を入れていて、彼らが王様に悪知恵を授けるのです。スペードの女王様《クイーン》はとても悲しんでいます。フェリチタおばあさま、私を女王様の部屋の警備役として置いてくださいませんか？」

そう話しながら私たちに近づき、そっと私の鼻をつまみました。

「おばあちゃん、何か質問してみて」

私は言いました。

「スペードのジャックさん。私はね、あなたにあまり満足していないの。庭園まで敵が侵入してきているというのにあなたは居眠《いねむ》りしているんですよ、いかがなものかしら」

「フェリチタさん、私のほうこそあなたに満足していません。なぜ、いつも敵をうしろの壁から入れるのですか？　私はいつも背後からやられてしまいます」

私たちは笑いました。でもおばあちゃんは真剣で手厳しいです。

「あなたは眠ったふりをするために、ダイヤの入った袋を枕の代わりに取ったことがありましたね。あのときあなたの鼻先を通って、敵が城に入ってきたでしょう？」

「ダイヤの入った袋ではありません。フェリチタおばあさま、一枚の銅貨だけでした。いまは、ロベルトの貯金箱に入っています」

その通りでした。そんなことまで知ってるなんて！

「ハートのご婦人はなんと言うかしらね？」

スペードのジャックは、旗のように真っ赤になりました。

これには、おばあちゃんもつい笑ってしまいました。

スペードのジャックはハートのご婦人のことが好きなのですが、彼女にはその気がまったくありません。彼の髪が黒いからです。

「私を金髪にするように、画家におっしゃってくださいませんか。頼んでくださいますよね、フェリチタおばあさま？」

おばあちゃんは引き受ける、と約束します。

「スペードのジャックさん、さあ、そろそろ持ち場に戻ってください！」

スペードのジャックは、小さくおじぎをしながらひとりずつみんなにあいさつをして、トランプの中へ戻ります。私たちに向かってもう一度だけウインクをすると、そのあとは何百万回、質問をしてももう答えません。だって、どうやって紙が話すというのです？

# スリッパの木

## La pianta delle pantofole

ある朝、農家のピエトロは、りんごをもぎに果樹園へ行きました。りんごの木は野原のまん中にありました。近づくにつれて、葉のあいだにブルーや黄、ピンクに紫といろいろな色が見えました。

「なんてことだ」と思いました。「ブルーのりんごなんて、見たことがない。なんだろう？」

木に近づくと、なぞはすぐに解けました。枝や葉はきれいについていて、その間に何百ものスリッパが涼しげに風に揺られていたのです。

「いったいだれが、ぼくの木にたくさんのスリッパをつけようと思ったのだろう？」

ピエトロは考えました。調べるために木に登ってみると、スリッパは細い茎で枝についているのがわかりました。つまりスリッパはりんごの代わりに木に生っていたのです。

ピエトロは、目の前のことが信じられませんでした。目が覚めているのかたしかめるために、脚を思い切りつねってみました。うたがう余地はありませんでした。夢ではありません。きれいで不思議なスリッパについて、じっくり考えました。ありとあらゆる種類がありました。リボンつき、バックルつき、厚底、毛皮が内側についているもの、など。どうしましょう？

どうしたと思いますか？

あのね、この先はみなさんが考えてください。このおはなしがどうなったのか、私は言いません。みなさんが私に教えてください。よく考えて、このおはなしの続きをどう想像したのか、私に教えてください。

# しゃべる通学カバン

## ― La cartella parlante

毎晩、寝るまえに私の息子は、通学カバンの中の整理をします。というより、あちこちに散らばっている教科書やノート、筆箱、消しゴム、インクの吸い取り紙を突っ込みます。息子は、これを〈カバンの整理をする〉と呼んでいます。目を閉じたとたんに、優しい眠りの妖精たちがまくらのまわりを踊り、カバンに入っている物たちが動き始め、毎朝私たちがするように伸びをしたり、あいさつしたり、しゃべったりするのを息子は知りません。

吸い取り紙は折れ曲がった四隅《よすみ》をまっすぐに伸ばそうとしながら、ブツブツ言います。

「ねえ、みんな。今日はひどい目にあったんだ。ぼくたちのご主人さまが、あのコッピ《Coppi》・ファウスト《Fausto》の名前の代わりに〈やったぁ〉って何度も書いちゃった。しかも

Pを一個しか書かなかったから〈Copi〉（やたぁ）になっちゃったんだけどね。見てくれる？　まるで選挙ポスターみたいでしょ！」

「それくらいで文句言うの？」歴史と地理の教科書が横から言います。「ちょっと私のページを見てちょうだい。彼ったらペンで、カール大帝にちょびヒゲを、絵描きジオットの帽子には羽を、クリストファー・コロンブスの鼻の上にはハエを付け足しちゃったのよ。それから、ポー川の流れをトリエステまで延長したし、シチリア島とサルデーニャ島の間に橋を描き加えたの。革命だわね」

「そんなの序の口です」国語の教科書が文句を言います。「四十五ページを見てくれませんか。Oはぜんぶ赤、Aはぜんぶ緑、Eはぜんぶ黄色にぬられています。五十七ページには、どういうわけだか、この子ったらヘビの頭を描いて、その胴体は五十八ページから五十九ページを通って、しっぽの先は六十ページまで続いています。彼が言うには、ガラガラヘビだとか。だからヘビの体じゅうに鈴を描いたのでしょうね！」

「私のとがった先っぽが、かみしだかれているのを見てくださいよ」ペンが叫びます。

「私の茶色の毛皮のコートをぜんぶはがしてしまったのよ」鉛筆《えんぴつ》が嘆《なげ》きます。

いたずらの主の父親である私は、騒ぎをすべて聞いています。みんながなんと言っているかを聞かせようと息子を起こしかけたら、ちょうど通学カバンが開いて、横線とマス目入りの二冊のノートが、記録を見せに出てきたのです。

「あなたのせいではありません、たぶん」マス目入りのノートが親切に私に言います。

「とにかく、これは私たちからのお願いです。息子さんに伝えてくださるようお願いします」

紙に書かれたものを私に渡し、カバンの中へ帰ります。

紙には、このように書かれています。

〈われわれは、毎日暴力の被害にあっていることをここに強く抗議します。魂を込めてお願いしたいのは、
①われわれの持ち主は、《やったぁ》や落書き、ニセのちょびヒゲや違反の書き込み、つまり教育課程に入っていないもの、を書かないでいただきたい。
②エンピツとペンの安全のために、その先っぽをかみしだかないでいただきたい。
③ペンは常に決まった筆箱に入れ、他の物と混ぜこぜにしないでいただきたい。今朝も地理の教科書は、散らばっていたペンのせいでひどく傷ついてしまいました。

もしわれわれの要求がかなえられないのなら、持ち主が落第するよう全力をつくします。

署名：手帳、問題集、日記帳、鉛筆などなど〉

明日の朝、息子にこの紙を読ませましょう。今後、このような文句を聞かなくてすむことを願って。

# さすらいの屋根

―― Il tetto vagabondo

私の家の屋根は、かなりの風来坊《ふうらいぼう》です。ときどきちょっと散歩がしたくなると、壁から外《はず》れて凧《たこ》のようにゆらゆらと空へ向かいます。雨が降る日に屋根が散歩に出かけたくなると、困ります。家の中に雨が降るからです。私は窓から外をながめ、公園の二本の木にとまっている屋根を見つけます。

「雨だから、家に帰ってきて」

大声で呼びかけます。

屋根は言うことを聞かずに、木から飛び立って動物園のサルのおりの上にとまってしまいます。

あるとき私は屋根に上り、あまり調子のよくない煙突を調べていました。ちょうどそのとき屋根が家から離れて、雲のずっと上のほうを飛び始めました。

「たいへんだ」私は下を見ながら言いました。「うちの屋根は、飛行船になったつもりらしい。北極探検にでも連れていくのかな！」

まあそんな調子です。交換するかどうか決めなければなりません。屋根の代わりに、花や木、ベンチのある屋上を作りましょう。家々から屋根がなくなり、代わりに花いっぱいの屋上ができれば、どんなにすてきでしょう。

# クモから家主への手紙

## ――Lettera di un ragno al suo padron di casa

ご主人さま。私は年老いたクモです。これまでずっとあなたの近くで暮らしてきました。二つの顔を持つ、風変わりな人物の石膏《せっこう》製の胸像のうしろにおります。たしかヤーヌスという名前の神様だったような。そう、これをお聞きください。

偉大な神ヤーヌスは、
なんと変わっていたことか。
しかめ面もできるように、
二つの顔を持っていた。
それが証拠に、頭のうしろに、
もうひとつの鼻があった。

　でも私は、ヤーヌス神のことを話したいのではありません。老いてあわれなわが身のことを話したいのです。若い頃、私はがっしりして黒く立派なクモでした。今、こうして老いぼれてしまったのは、私がせっせと作り上げた編みものを、毎朝あなたの奥さんがホウキひと振りで壊してしまうのに立ち向かわなければならなかったからです。あなたが漁師で、もし毎朝サメが網を破ったとしたら、どのようにして生きていきますか？　奥さんをサメにたとえるつもりはありませんが。そういうわけで私は本棚にいる小さな羽虫捕《と》りでがまんすることにし、あまり小言を言わないヤーヌス神の頭のうしろでひっそりと暮らしてまいりました。こうして私は年を取りました。次々と開発される殺虫剤のせいで、ハエはどんどん少なくなっています。すべて死なせてしまわずせめて週に二、三匹は生かしてやって、と奥さんにお願いしたいです。

　無理な願いごとだとは、承知しています。奥さんはテーブルクロスや窓ガラスを汚すハエが大嫌いですから。それで、私はこの家を出て田舎《いなか》へ引っ越すことにきめました。そこなら食べていけるでしょう。むかし屋根裏に住んでいて今は庭へ引っ越した友人達から連絡をもらいました。居心地がよいので、私もいっしょにと誘ってくれています。そうなんです、ご主人さま。私たちは全員、ここから出ていきます。人間の家からクモが出ていくのは、もう食べるものがないからです。出ていくのはさみしくありませんが、ごあいさつもせずに出ていくのはよそよそしく、礼儀を欠くように思いましたので。

あなたの忠実なクモ・オットザンペ《八本足》

# ジーロ・デル・ジャルディーノ《庭巡りロードレース》

## Il Giro del Giardino

どういうわけだか、人間は自転車で長い距離を走るのが好き、ということをアリたちは知りました。イタリア一周とかフランス一周、スイス一周、のようなレースです。

「ぼくたちも、ジーロ・デル・ジャルディーノ《庭巡りロードレース》をしようじゃないか？」

毛虫に乗せてもらいお出かけを楽しんだ、とても活発な子アリが言いました。すぐにアリたち全員が、その提案に乗りました。競走は、毛虫の背中に乗って行われることになりました。毛虫は自転車ではありませんが、いくつもの小さな筒がつながったような体をしています。

たくさんの参加申し込みがありました。競走に参加するアリたちは、畑から毛虫を捕《つか》まえてきました。アリたちは毛虫の背中に乗ると有無を言わさずに、毛虫をつねったりかんだりしてスタート地点まで走らせようとしました。かわいそうな毛虫たち。

身をよじらせたり、びくっとしたり、ピンと伸びたり、すき間に逃げ込もうとしたりしました。

観戦しにコース沿いに集まった何千匹ものアリたちは、レースのトップ集団に大喜びをしていました。けれどもレースの速度が落ちてくるにつれて、観客たちは退屈し始めました。やがて毛虫はヘビのようにとぐろを巻いてしまい、どうしても動こうとしなくなりました。

アリたちは全力を尽くしました。それぞれの毛虫の周りを百匹のアリが取り囲み、毛虫をかんで走らせようとしました。自転車選手たちが、走らせるために自転車にかみつくようなものです。みなさん、想像できますか？

とうとう毛虫はその場に放置され、アリたちは自分の脚で競走することになりました。さんざんなことになりました。レースの最中にアリジゴクに落ちてしまった選手、トカゲに食べられてしまったり、川で溺《おぼ》れてしまった選手が出たからでした。百匹のうちたった二匹だけがなんとかゴールの近くまでこぎつけましたが、あまりに疲れていたためゴールのテープの手前で眠りこんでしまいました。

どちらが一番なのかを知るためには、目を覚ますまで待たなければなりませんでした。一番に到着したのは、とても小さな赤いアリでした。優勝賞品として、バラの花に吸いつくアブラムシを受け取りました。みなさんもよく知っているように、その小さなアブラムシはアリにとっては〈乳牛〉みたいなものなのです。

# クマのダンス ―― La danza dell'orso

クマのボオロは、親とほら穴で暮らしていて、外の世界でどのようにひとりで生きていけばいいのかまだ知らなかった頃に、捕らえられてしまいました。馬術サーカスの親方に売られ、ダンスを覚えるために調教師に託《たく》されました。どのようにしてクマにダンスを教えるか、みなさんは知っていますか？　残酷なことです。火のついた石炭を地面に敷き、近くで笛やバグパイプを鳴らしながら、クマにその上を歩かせるのです。二、三度試すと、笛やバグパイプの音を聞くたびに、クマは火で痛い目にあったことを思い出して、落ち着きをなくします。熱い石炭の上を歩いているように、脚を交互に動かすのです。踊るような様子は痛々しく、でもこっけいで、観客はつい、笑ってしまいます。

ダンスが終わると、ボオロはおりに戻されました。昼も夜もくさりで右足首をつながれたままでした。あるとき同じサーカスでボオロは、大人になってから捕らえられた、老いたクマと知り合いました。ルウビという名前でした。もう何年も閉じ込められていましたが、自由な森のことを忘れたことはありませんでした。ボオロは、森のことは垣間見《かいまみ》たことしかありませんでした。

「頭の上では木々が息を吸い込み、足元で雪がキュッキュと鳴って、春になると山から氷がきしみながら川を流れてくる。鼻をひくつかせると、たくさんのよい匂いがお腹にしみ渡るんだ」

「よい匂いって、なに？」かいだことがないボオロが尋ねます。

「あわれだな。おまえは幸せということを知らないのだね。逃げるには、私はもう年を取りすぎてしまった」ルウビは続けます。「おまえは、まだ若いし強い。逃げたらどうだ？」

二頭はこの計画について何度も話しました。そしてサーカスが、森の近くの山の町に着いたとき、ボオロは逃げることにきめました。調教師が彼をおりから出して舞台の真ん中に連れてくると、ボオロは周りを確かめ、フィナーレの喝采《かっさい》のあと、いつもと同じように出口へ向かいました。観客は笑って見ていましたが、ボオロが自分たちのほうに向かって直進してくるのがわかると、笑い声は恐怖の叫びへと変わりました。クマを通そうと人々は道を開け、ボオロが出口に近づき森へ向かって走ろうとしたそのときです。バグパイプと笛が鳴り始めました。

目に見えない手がボオロの首を押さえ、有無を言わさず引き戻しました。ボオロはピタリと止まると、足が勝手に交互に動き出し、不格好な歩き方を始めたのでした。

ボオロは踊っていました。観客はびくびくしながら、席に戻りました。ボオロは踊りながら、サーカスのテントの向こうに雪や森、川が広がっているのを見て、年老いたルウビが話していたよい匂いをかいでいました。自由に向かおうと気持ちははやるのに、曲に合わせて勝手に足が上がったり下がったりしていました。音楽が終わると、ボオロは動かなくなりました。そして雷に打たれたかのように、倒れました。自由をうばわれて、彼は死んでしまったのです。

# しゃべるネコ

## Il gatto parlante

ある男の子から、しゃべるネコの話をするように頼まれました。うちのネコのピンニにそれを伝えると、私に次のような手紙を送ってくれました。

〈チャオ、ジャンニ。僕は、優しくて育ちの良いネコです。母は、ポルタ・ヴェネツィア界隈《かいわい》で最もふくよかなネコだったし、祖父はしっぽが四十センチもあり、ネコのしっぽというより馬のしっぽみたいだったことを、年寄りのネコたちは今でも覚えています。僕は話したり書いたりできるし、足四本でピアノも少し弾けるので、有名なネコになれるかもしれない。でも僕が弾くと、あなたは怒って鍵盤《けんばん》から私を下ろしますよね。どうしてですか？　僕の演奏がきらいなのですか？　僕はあなたの演奏がきらいだから、おあいこですね。

あなたが演奏するとき、あなたが僕にするように、パンと手をたたいて鍵盤からどかしたほうがいいのかな？　他にも言いたいことがあります。あなたはいつも僕のクッションを使うでしょ。これはよくありませんよ。うたた寝をしかけると、クッションから僕を下ろして、自分のおしりの下に深々と敷いてしまう。親切ではありません。僕は、ベッドもソファもデッキチェアもあなたのいいようにさせているのだから、あなたも僕の好きなようにクッションにはさわらないでおいてもらいたい。

最後に伝えておきますが、僕は生の肉があまり好きではありません。ですから夜中に僕のおなかが空《す》いたとき用に、バターやオイル、セージの葉少々で炒めてテーブルの上に置いてもらいたいのですけれど。話はこのへんまでにして、散歩に出かけてきます。戻ったら温まりたいので、電気ストーブをつけておいてくださいね。昨夜ずぶぬれで帰ってきて、ひどい風邪《かぜ》をひいてしまいましたから。

あなたのことが大好きなネコ　ピンニ〉

うちのネコのこと、みなさんはどう思いますか？

# ジャングルライフ

## Passatempi nella giungla

ジャングルで動物たちがどう楽しんでいるのか、私が想像していることをお話ししましょう。これから話すことは、もちろん見たことがありません。でもきっとこの通りだと思います。

まず、サルについて。正真正銘《しょうしんしょうめい》のジャングルのいたずらっ子です。泥《どろ》の中でうとうとしているワニの背中にヤシの実を投げつけるのが、サルたちが気に入っている時間の過ごし方です。

「どうぞお入りください！」

ワニが言います。川に入っていいか、ことわりを入れに誰かが自分の背中をたたいたのかと思ったからです。サルたちは笑いころげ、ねらいを定めて投げ続けます。

「どうぞお入りください！」

ワニは大声で言います。サルたちのしわざだと知ると、こう言っておどかします。

「おまえたちの血で川を真っ赤に染めてやるぞ、悪魔の子たちめ！」

それを耳にしたとたん、ヘビは身をくねらせて一目散《いちもくさん》に逃げていきます。

ゾウはもう少しおもしろみがあって、〈鼻ずもう〉をします。私たちが〈うでずもう〉をするように。どうするかって？　顔と顔をつき合わせ、鼻をまっすぐに上げて鼻と鼻をからませます。そこで、力を込める。相手の鼻を先に倒したほうが勝ちです。

子ゾウたちは自分の鼻の先でバランスを保って立ち、軸《じく》にしてコマのように回って遊びます。

ジャングルにも美容院があります。メスのトラは肌をしま模様に染め、ヒゲを手入れしてしっとりさせ、オスライオンの悪口をしゃべります。でもそのオスライオンがたてがみをセットしに美容院にやってくると、メスのトラたちはみんなだまります。

「コロンかラメ入りポマード、どちらにいたしましょうか？」美容師のヒョウがたずねます。

「ポマードで」

オスライオンは答えます。

オスライオンが出ていったとたん、メスのトラたちは口々にしゃべり始めます。

「ほとんど毛がないのに、ポマードだなんて！　かわいそうに、かつらをかぶったほうがいいでしょうに」

オスライオンは、クマといっしょにボッチェ（注：小さな球ころがしのゲーム）の試合に行きます。もちろん球の代わりに、いつものヤシの実を使います。

ライオンがヤシの実をつい強く投げすぎて、ワニの背中にあててしまいます。

コツン。音がします。

「どうぞお入りください」

ワニが言います。

ライオンとクマは思い切り笑います。

ワニはブツブツ言います。

「全然、落ち着いて眠れないよ」

# 月の思い出

Le memorie della luna

月は思い出を書きます。ペンも鉛筆も持っていないので、流れ星で書くしかありません。流れ星の尾を夜の闇《やみ》に浸《ひた》して、書きます。紙もないので、雲に書きますが、すぐに飛んでいってしまいます。ときどき月は考え込みます。

「十八ページは、どこへいってしまったのだろう？」

ちょうどモデナ市の上で、十八ページの雲は雨になって落ちていくところです。モデナ市の人々は雲を見ていましたし雨も見ていましたが、その雨が十八ページに書かれた言葉でできているなどとは、思いもよりません。

月は書きに書きましたが、思い出は風に飛ばされてしまいます。

「二十四ページをなくしてしまった！」

月はブツブツ言います。

二十四ページはピンク色の小さな雲でしたが、海でゆらゆらしようとして逃げてしまったのです。

私が読めたのは、三十五ページだけでした。月はそこに、こう書きました。〈私はだれよりも上手に回れるコマです。だって、いっぺんに三つも回ることができるのですから。自分の周りと地球の周り、そして太陽の周りです。私は地球に召し仕えています。でも地球は、お給料を払ってくれたことがありません。ときどき地球を放ったらかして、火星の周囲を回りに行きます。火星は、分別《ふんべつ》があって礼儀正しいからです。まっすぐのみぞが通っていて、おなかにはいく筋も線がついています〉

五十一ページ（牛乳のように白い雲でした）には、月はこう書きました。〈夢を見ました。地球が火のように真っ赤になってしまう夢でした。極のあたりに、星がひとつありました〉

私は続きを読めませんでした。五十一ページ（牛乳のように白い雲）が、アッピアーテグラッソのほうへと飛んでいってしまったからです。

# 稲妻《いなずま》

Il fulmine

昔稲妻のご主人様は、ユピテルという神様でした。年老いてイライラしている神様でした。自分に歯向かう者には、すぐに稲妻を落として灰にしてしまいました。少なくとも当時は、そのように伝えられていました。ずいぶん昔のことです。神様ユピテルは稲妻を束にして持ち、いつも雲のあいだを回っていました。私やみなさんが花束を持って歩くように。あるとき彼は、雲の上に稲妻の束を忘れてきてしまいました。その雲は大変な速さで駆け出したので、ユピテルが稲妻のことを思い出して探しに戻ってきたときには、もう見つかりませんでした。雲は仲間全員に、稲妻を少しずつ渡しました。稲妻の束はかなり大きかったのでしょう。まだあちこちで稲妻が見えます。嵐になると、雲たちはウキウキします。それまでのボールではなくて、稲妻を鐘《かね》や塔《とう》、こずえに向かって投げます。でも人間は頭が働きます。あちこちに雷よけをつけました。磁石のように稲妻を引き寄せてしまうのです。雲たちは稲妻で狙《ねら》い打ちできなくなって怒り、ブツブツ言います。

このブツブツが雷です。

「年を取ってしまったわ！」雲たちは文句を言っています。「前のようには、もう目が見えないのよ！」

なぜメガネを買わないのでしょう？　みなさんはメガネをかけた雲を見たくありませんか？

# 地理のバカンス
## Geografia in vacanza

ある晩、地中海の上で何百万個もの星が輝いているときに、サルデーニャ島は自分が呼ばれるのを聞きました。

「ねえ、いつも同じところにいていやにならないの？」

「だれかしら、私を呼ぶのは？」

「私よ、シチリア島よ」

「まあ、お姉さん。いつから移動しておしゃべりするようになったのですか？　お姉さんは、せいぜい島の中のエトナ山とぐちを言い合うぐらいなのかと思っていました」

「ちょっと、いっしょにあちこちをブラブラしない？　私たち、地図の奴隷《どれい》みたいになっていて、バスタブみたいなこの小さな海、地中海の真ん中にいるように決められてるでしょう。暖かい海洋にある、幸せな島々のことを聞いたの。南の島々で、バナナが木に生《な》るそうよ。私たちは店で買わないとならないのにねえ。いかりを上げて、行ってみない？」

「実を言うと」サルデーニャ島が答えました。「私、どこにいかりがあるのかも知らないのです。もちろん航海はしてみたいけれど」

とうとう話がまとまりました。右へ左へと少し身体を揺らすと、海の底から離れることができました。ふたりは寄りそって、その場で回転してみました。シチリア島は煙を吹くエトナ山をサルデーニャ島に見せたかったし、サルデーニャ島はお姉さんに入江を全部見せたかったからでした。

ゆったりと楽しくおしゃべりしながら、ジブラルタル海峡《かいきょう》に向かいました。ここで困ったことがおきました。海峡が狭すぎて、シチリア島もサルデーニャ島も通り抜けられません。

ジブラルタル海峡は大笑いしました。

「ふたりともワイン樽《だる》みたいにおなかが出ているな。通り抜けられないほうに、賭《か》けてもいいよ！」

「もうちょっと広がってちょうだいよ」シチリア島が怒って言いました。

「かまわないでおきましょう」サルデーニャ島が横から言いました。姉よりおだやかな性格でした。「通れないのなら、引き返しましょう」

「でも、南の海に行きたいの」シチリア島は言い張りました。

「スエズ運河を試してみましょうか」

ふたりは来た道を戻り、ほどなくスエズ運河に着きました。ところがこの運河も狭すぎました。

「私としましては、幅を広げてもかまわないのですが」肩をすくめながら運河は言いました。「でもエジプト人たちが反対します。これでも広すぎる、と言っていますので」

「さて、どうしましょう?」サルデーニャ島は、あまりくよくよせずにお姉さんにたずねました。

「アフリカ大陸に、もう少し南に動いてもらえないか頼んでみるといいのかもしれないわね。そうすれば、スエズ運河もジブラルタル海峡ももう少し広くなって、私たちも自由に通り抜けられるでしょう。アフリカ大陸にも、バカンスに行くように提案してみたらどうかしらね?」

アフリカ大陸を呼んでみましたが、返事がありませんでした。原生林の中かサハラ砂漠で、眠っていたのかもしれません。コーヒー味のかき氷を作ろうとして、アフリカで一番高い山、キリマンジャロの頂上に登っていたのかもしれません。かわいそうに、シチリア島はあきらめなければなりませんでした。サルデーニャ島としては、もうあきらめていたのでしたが。イタリアの長ぐつの近くにある、自分たちの居場所にしょんぼりと戻りました。

「何ひとつ、うまくいかないわね」シチリア島が嘆きました。

「でもなかなかの旅行でしたよ」サルデーニャ島はなぐさめるように言いました。結局は無事に家に帰ることができて、喜びました。

そしてふたつの島は話すのをやめました。もうすぐ夜が明けます。星の輝きは薄れていき、東からピンク色の光がひと筋、上ってきました。ふたつの島の短いバカンスに、だれも気がつきませんでした。地図に気づく人は、本当にだれもいませんでした。夏に地図を見る人などいないからです。学校は閉まっていて地図はのんびりと壁に掛かったままですから。地図は、いったい何を考えているのでしょうか？

# 山々が歩く

Le montagne camminano

古代、山々は海から出てきました。おわかりでしょうが、一度にひと山ずつです。最初にモンブランの頭が出てきて、それからモンテ・ローザ、その次はマッターホルンの帽子の先っぽでした。この山々の前には何もない平野が広がるだけで、山たちはずっと遠くに何があるか見ようと、首を伸ばしました。まったく何もありませんでした。

やがて、山たちはゆっくりと歩き始めました。雪原や氷河、峡谷《きょうこく》に岩をいくつも抱《かか》えているので、もちろん走ったりなどできませんでした。

山たちは並んでゆうゆうと歩きながら、話をしていたのでしょうか？

たぶん話したでしょう。もちろん山たちの言葉で。それは、雷や嵐、風に石が転がる音です。

「地中海の海底の温かいところにいたほうが、よかったのかもしれないな」モンブランが文句を言いました。「おでこが雪でおおわれてしまって、寒くて背中が折れそうだ。なにが起きているか、僕のうしろを見てくれないか？」

「あはは、あはは」マッターホルンが笑いました。山の笑い方は、なかなか恐ろしいものです。たとえばマッターホルンが笑うと、ひょうが降ります。

「以前はきみの背中は、まっすぐできれいだった。今はひだだらけで、百万歳の老人みたいだよ」

「おい、年齢には気をつけて。年は取っているけれど、五十万歳もいっていないよ」モンブランが答えました。

「けんかしないで！」モンテ・ローザから風が吹いてきて、そう言いました。「あれ以上海の中にい続けられなかったのは、あなたたちもわかっているでしょう？　アフリカがヨーロッパに近づいてきている、と聞いたの。たぶんそのせいで、何か強い力で押されているのかもしれないわね。最初のうちは私も抵抗していたのだけれど、押してくる力が強くなって、動くことになってしまったの。あなたたちもそうだったのでしょう？」

その通りでした。それで今、山たちは巨大な平底船《ひらぞこせん》のように静々とゆっくり北に向かって進んでいるのでした。

「たぶん、僕の足はまだ水の中にあるよ」モンブランがブツブツ言いました。

「僕はちがうよ」マッターホルンは笑って言いました。「全身、外に出ているからね」まっすぐにすらりとして、いじわるでトゲがあります。雲をさっととつかむと、インディアンごっこをする子どものように、頭に巻きつけました。

「だれが一番高くまで行けるか、試してみようじゃないか」マッターホルンが提案しました。

他のふたつの山も挑戦を受けました。三つの山はなかなかの登山家で、あっという間に五千メートルの高さまで着きました。みんなは高いところで立ち止まりました。やっと新鮮な空気があったからです。清々《すがすが》しく軽やかな空気で、山たちの脳はすっきりとさわやかになりました。山の脳は何でできているのでしょう？　鉄と銅、金や銀でしょうか？

時が経《た》ち、硬い山肌は雪や水に削られて、山の腰には深い渓谷《けいこく》ができ、彫像のように頂《いただき》が彫り上がりました。山たちは以前はもう少し低かったのですが、壮大な山となった今、もう歩く気になれませんでした。老いて疲れ果てていました。何百万年も経っているのですから、年を取ったり疲れたりしていないわけがありません。

だから、落ち着いて堂々としているのです。嵐が強くなると、わずかに片目を開けるくらいです。マッターホルンがブツブツ言っています。

「くすぐっているのはだれだ？」

そして目を閉じて、また眠ってしまいます。ほかのふたつの山の仲間よりも、下方へ下りています。今、だれより高いのは、モンブランです。

# 雪

La neve

今年の〈モンターニェ《遠い》・ロンターネ《山》〉（地図でこの山を探さないでください。ありませんから）の雪の降りかたは変です。どこが変か、ですって？ だって、黄色の雪だなんて、みなさんはどう思いますか？ そうなんです。サフランのような黄色い雪が、モンターニェ・ロンターネに降ったのです。山々は、黄金を積み重ねたようです。人々はそれを見て、こう言います。「今年の雪は黄疸《おうだん》だな」。黄疸とは、ご存知のように、皮膚《ひふ》をレモンの皮のように黄色に変えてしまう病気です。人々は寝て、翌朝ふたたびモンターニェ・ロンターネを見ます。「これは美しい！」何が起こったのでしょう？ モンターニェ・ロンターネに血のような赤い雪が降ったのでした。このように、冬のあいだじゅう雪の色は変わりました。あるときは緑色の雪が降り、春のようでした。またあるときは青で、それは空に会うために海が上ってきたように見えました。そして紫色やオレンジ色にも変わりました。すばらしいショーでした。人々は朝起きると、まず考えたものです。「今日のモンターニェ・ロンターネは何色だろう？」

ある朝、黒い雪が降りました。山々は喪《も》に服していました。人々は恐れました。なにか悪いことが起きるのだろうか？ その日、人々は家から出ませんでした。色が変わっても、もう人々はおもしろがりません。人々は昔の白い雪をまた見たいのです。でももう見ることはできません。なぜなら翌朝は春だからです。モンターニェ・ロンターネには雪はもうありませんが、太陽や花、ダイヤモンドのように輝く岩があります。

# 機械の反乱 ― La rivolta delle macchine

もう武器を作りたくないので、工場の機械が反乱を起こしました。どのように始まったと思いますか？　最初に歯向かったのは、いろいろな大きさの管を作る機械でした。指ほどの細い管や大砲のように太い筒で上下水道に使う管です。

大砲を作るように注文が来ても、その機械はかまわずに水道管を作り続けました。

「どうやって撃てばいいのだ」大佐たちはイライラして言いました。「水道管に合うのは、マンホールのふただけだろう？　われわれは大砲の筒に弾丸を込めなければならないのだ。これでは撃てない」

「なぜ撃ちたいのですか？」機械はにこにこしながら言いました。

もちろん大佐たちは、機械の言ったことがわかりませんでした。彼らは、大砲の声しかわからないのです。それに、機械が少し笑ったのも見えませんでした。機械にはほほえむ口がないからです。歯車で笑います。

それから、クギを作る機械がいました。銃のための弾丸を作るよう注文がきても、聞く耳持たずで、これまでと変わらずクギを作り続けました。「困ったな」大佐たちが言いました。「どうやってクギで戦争をするのだ？　敵はクギを集めて、丈夫な靴底《くつぞこ》にするために使うぞ」

三台目の機械は、銃や爆発用の火薬を作るはずでした。でも気がつかないふりをして、畑用の肥料を作り続けました。「これは敵に投げつけられるだろうか？」大佐たちは頭をかきむしりながら悩みました。「これでは敵の町を破壊する代わりに、奴らの土地を豊かにして人々を健康にさせるのではないのか？」

大佐たちは機械たちをこらしめようと、油も水もなしで放っておくことにしました。機械たちはおなかを空かせて、みるみるうちにサビだらけになり弱ってしまいました。でも工員たちは機械たちを死なせないために、みがいたり、歯車すべてに油を差したりして、心を込めて手入れをしました。おかげで、大佐たちが機械を動かすように命じると、機械たちは元気を取り戻して、これまでのように管やクギ、肥料を作りました。大佐たちは、戦争ができないのでとても困りました。でも人々は喜びました。工場の近くを通るとき、人々は機械の歌を聞いてにっこりしました。

〈戦争の指揮官さん、銃を持てば、あんたが負けだよ！〉

# 空

## Il cielo

私は、空がとても好きです。月のあるとき、星も、空のすべてが好きです。でももし私の思うように空を変えることができたら、もっと好きになるでしょう。

ある夜に、たとえば、月はひとつだけではなく三つ欲しいです。丸い月と四角い月、三角の月です。丸い月はボールのように、灯台の光る目のように、空を速く回ります。また別の夜には、私が自分で描いた通りに星を並べてみたいです。たくさんの星で私の名前と子どもの名前、それからその母親の名前を並べ書いてみたいです。空の真ん中に星をとめ置いて、その周りをほかの星たちが手をつないでぐるぐる回るように頼みたいです。みんなが上を見るでしょう。打ち上げ花火よりもずっと美しいショーになるに違いありません。

それから、一番速いのはだれなのか、星たちに空の端から端まで走ってもらいましょう。

星にじっとしていないで、いつもあちこちに動いてもらいたいのです。

星の行進も見てみたいです。十万個の星が並ぶのです。先頭には、白い旗のように月がいるのです。

# 夏休みのプレゼント

## Un regalo per le vacanze

マリオは、学年末に夏休みの宿題用にペンをプレゼントしてもらいました。

「ぼくは、自転車が欲しかったんだけど」マリオはぐずって父さんに言いました。

「泣きべそをかくのはまだ早いぞ」父さんは答えました。「どういうペンなのか、まだ見ていないだろ」

何週間かして、マリオはいやいや夏休みの宿題を始めることにしました。〈なんてツイてないんだ〉問題を解きながら考えています。〈先生は一年じゅう、作文や算数の問題、足し算かけ算と絵を描くことを宿題に出していた。だから夏休みには、ほかの宿題を出せたはずだ。たとえば、月曜日の宿題は、桜の木に登ってサクランボをお腹いっぱい食べること。火曜日の宿題は、疲れ果てて倒れるまでサッカーをする。水曜日の宿題は、森の中を散歩してテントで寝る。でもそうじゃなかった。あいかわら

ず割り算と引き算をしてるんだから〉

そのときペンがガタガタ揺れたかと思うと、ノートの最初のページのマス目に向かって走り出しました。「どうしたんだ、いったい」マリオは叫びました。それはすばらしいことでした。ペンは自力で走りに走って、あっというまに問題はかたづいてしまいました。答えは、きれいな字で書いてありました。やっとペンはおとなしくなり、疲れて眠りたい様子で、机の上に寝転がりました。

「これはすごい！」マリオは言いました。「勝手に宿題をかたづけてくれるペンだったのか！」

翌日、マリオは作文を書かなければなりませんでした。机に向かってペンを持ち、よい考えが浮かばないか、頭をかきました。すると、またペンが最速のギアでスタートして、あっという間にページの最後まで書き上げました。マリオがしたのは、ページをめくることぐらいでした。ペンはまたすぐに走り始め、マリオが指で持っていなくてもひとりで進み、タイプライターよりも速く書きました。その日からマリオは宿題をしなければならないときは、ノートを開いてペンを紙の上に置きながめているようになりました。

ペンは全部ひとりで宿題をかたづけたうえ、その出来はクラスで一番優秀でした。

マリオがペンの様子を見て楽しんでいると、窓の下から友達が自分を呼ぶのが聞こえました。

「すぐ行くよ」と答えました。そしてペンのほうを優しく見ながら、ささやきました。「ぼくが川に泳ぎに行っているあいだに、宿題は君が終わらせておいてね」

ペンにはくり返し言わなくてもだいじょうぶでした。最後のページに着き、宿題は終わったので、ひとりでペンケースの中に飛び込んで眠りました。マリオはツイています。みなさんもそう思うでしょう？

夏休みが終わる頃には、宿題のノートはびっしりと書き込まれ、きれいに整理されていました。これまでのマリオにはけっしてなかったことでした。マリオは、大切なペンを心を込めてみがいてやりました。当然のことです。ペンの申し分ない働きへのお礼でした。

# もっとも短いおはなし

La favola più corta

あるとき三人の語り部が競争をしました。一番短いおはなしを知っている人が勝ちです。

最初の語り部は、百個の言葉でできているおはなしをしました。

二番目は、五十個の言葉でできているおはなしをしました。

三番目は黙ったまま、何も話しませんでした。

「おい、それで？」ほかのふたりが言いました。「何も言わないのか？」

「もう終わったのでね。僕のおはなしの題名は、〈静けさは金《きん》〉だ」

仲間は彼のおはなしが一番短いと認めて、賞品を渡しました。でも私は、何が賞品だったのか知りません。

# 古いことわざ

I vecchi proverbi

ある町に（いずれその歴史と風習についてお話ししたり説明したりするつもりです）、少し不便ですが、落ち着いた建物がありました。古いことわざが養生に入るところです。そう、年を取ったことわざが引退して休むところです。年寄りのことわざにも、若くて第一線にいたときがありましたが、いまではもう話を聞こうとする人はいません。休むのでしょうか？　むしろ延々としゃべり、意見を言い合っている、と言ったほうがいいかもしれません。

「ロバに生まれて、ロバに死す（バカは死んでもなおらない）」年寄りのことわざが言います。

「あら、そうかしら」聞いていた人たちが言い返します。「もし勉強したらどうなりますか？　働いたり、自分を犠牲《ぎせい》にしてがんばったりしたら、どうです？　だれもがもっとよくなれますよ」

「喜びを知る者に幸あり（足ることを知る）」別の老いたことわざが横から言います。

「とんでもない」みんなが反論します。「もしヒトがそのときどきに自分が持っているもので満足していたなら、まだサルのように木の上で暮らしていたでしょう」

「自力で生きるは三人力（自助は最上の助け）！」叫び声が聞こえます。

医者が通りかかり（彼もことわざです。若いですが）、自分の意見を言います。

「いいえ、ひとりで自分のことをする人はひとり分のことしかしない、です。そうではなくて、集まると力になる（三人寄れば文殊の知恵）、でしょう」

年寄りのことわざたちは、しばらくのあいだ黙っていました。そして、一番年老いたことわざがまた話し始めました。

「平和を望む者、戦争の準備をする！」

看護師たちがそれを聞きつけて、気をしずめるようにカモミール茶を飲ませます。そして優しい看護師たちは彼に、平和を望む人は平和の用意をするのよ、爆弾ではなくて、と説明します。

別のことわざが言います。「我が家にあればだれもが君主」

「でもね」他のことわざたちがたずねます。「もし王様なら、なぜ税金を払わないとならないのですか？　電気代も？　ガス代も？　たいしたことない王様ですよね、そんなの」

ほらね、年寄りのことわざたちはおしゃべりしながら、ときにはよいことも言うのです。お互いに批判し合うときに限られるのですけれど。年寄りのことわざたちは、仲間の言うことと反対のことを言うのが得意なのです。

「お楽しみは結末に！」だれかが言います。するとすぐに別のことわざが、「サソリはしっぽに毒をもつ！」

彼らはときどき熱心に言い合います。世の中は変わるものであり、古いことわざだけでは前に進まない、ということにも気がついていませんでした。世の中を変えるためには、自分のすることや考えることに自信がある、若くて勇気のある人が必要なのです。みなさんのような。

# 電話帳への提案

Proposte per l'elenco telefonico

電話帳を見て思うのですが、たくさんの落ち度があります。みんなの役に立つ電話番号が載っていません。消防署や目覚ましサービス、インフォメーションサービスと並んでそれは載っていなければなりません。ぜひ次の番号を加えるように提案します。

00000001─おはなしサービス。誰かがおはなしをしてくれないと眠れない子どもたちの役に立ちます。あまりおはなしを知らず、うまく話せない親にとっても大変に便利です。番号を回してみてください。やさしい声でおはなしをしてくれます。

00000002─笑い話サービス。笑い話を聞くのが好きな人は多いです。でも忘れてしまい、思い出そうとしても、どういう終わり方だったのかわからなかったり、ほかの話と混同したりしてもう笑えません。それに、いろいろと用事が多いなか、いつも新しい笑い話についていくのは難しいです。笑い話専用の番号があれば、喜ばれます。

00000003―肩書きサービス。役職や爵位《しゃくい》、シンプルな〈騎士〉など、名刺の名前の前につける肩書きや称号をまだ持たないために、つらい思いをして生きている人たちがいます。私が思うに、00000003の電話サービスはこうした人たちを幸せにします。ひどく落ち込んだり悲しかったりするとき、電話をかけると、気配りと敬い、うやうやしさに満ちた声で、だいたい次のように応じてくれます。〈こんばんは、木馬のための馬団体所属の騎士、梨のココットの大佐……〉など。

00000004―アドバイスサービス。そしてこれは、なくてはならないサービスです。一銭もないとき、どうしたら食べられるでしょうか？　アドバイスサービスは、乗り越える方法やあと払いを認めてくれる食堂の住所などを教えてくれます。

大手の電話会社が、サービス向上のために私の提案をぜひ検討してくれるよう、望みます。

# ちょっとしたおはなし

Storielle

ちょっとしたおはなしがいくつも頭に浮かびます。

たとえば。

〈句点の墓場〉まちがったり、先生が青鉛筆で消したりした句点はどこに埋められたのでしょうか。

〈北極のスミレ〉あるお祭りの日のおはなしで、とても楽しくて氷河にも花が咲くのです。たぶんみんなが永遠に平和になる日のことなのかもしれません。

〈まちがえた頭〉これはなかなかおもしろいです。もし頭がまちがえていると、つまり、まちがった考えで頭がいっぱいだと、ぐるりとねじって切れた電球のように取り替えることができるおはなしです。

〈パスポートなしで〉これは、春のおはなしです。パスポートなしに、花や嵐、雲やよいお天気を連れて、税関を通らずに世界のあちこちへ旅をします。〈壊《こわ》さなければならない建物〉このおはなしは、みなさんに気に入ってもらえるでしょう。壊してもよいものを集めた建物を作ります。そして一週間に一度、子どもたちをその中へ招待し、壁も含めてすべて壊してもよい、と許可するのです。そうすればせいせいするはずで、家では何も壊さないようにもっと気をつけるようになるでしょう。

〈雪の記念像〉このおはなしは、こういうふうに始めるといいでしょう。〈人々は偉大な人にたずねました。

「あなたは亡くなったら、青銅製の記念像がいいですか、それとも、ろう製のものがいいですか？」「雪で作ってください」偉人は答えました。「そうすれば太陽で溶けて、みなさんに影を作らないでしょう」〉

〈切手の糊《のり》〉とっておきの発明についてのおはなしです。切手の糊が、ミントやラタフィア（スペインの薬草リキュール）、イチゴにスグリなどの味で、アメのようになめられるのです。郵便局が繁盛《はんじよう》するでしょう！　小さな子どもたちは、こう言います。〈パパ、いい子にすれば、いろいろな味の切手を持って帰ってきてくれる？〉

私は、こういうちょっとしたおはなしを百も千も知っています……。いずれ最初から最後までお話ししてあげましょう。

# イソップっぽい童話

Le favole di Esopino

# キツネのカメラマン ―― La volpe fotografa

　ある日、メギツネが、自分にぴったりの仕事は出張カメラマンだと気がつきました。みなさんは、あのずるがしこいキツネに写真を撮ってもらいますか？　私は正直なところ、いやです。その理由をこれから説明します。

　ずるがしこいキツネは、三脚《さんきゃく》つきの小さなカメラと自分の腕のよさを見せるための写真を抱えて、大きなニワトリ小屋にやってきました。メンドリたちは、金網の中にいるので安心して、キツネに近づいていきました。

「美しくて芸術的な写真をとくとごらんください！」キツネが話し始めます。「これは緑の尾のオンドリが、自分の写真を恋人に送るために撮ったものです」

「まあ、すてき！」メンドリたちがほれぼれしながら叫びました。

「これは、ウサギの家族を撮ったものです。みんなとても信心深くて、頭のうしろに光の輪を入れるように希望し、望み通りに撮りました。私のカメラでは、見えるものはもちろんすべて、見えないものも写せるのです！」

目立ちたがりのメンドリが数羽、写真を撮ってもらうことにきめました。

「でも羽の引きすそ《トレーン》を着けたいわ……」

「もちろん、もちろん。すべて無料です……私はアーティストですから、もうけは二の次です。商売人ではありませんの」

興奮したメンドリたちはうれしそうに小屋から出てきて、ポーズを取りました。キツネはカメラをのぞき込むふりをして、黒い布カバーの中に頭を入れたり出したり三脚を動かしたり、レンズのピントを合わせたりしました。

「もっと寄ってください。どうぞ笑ってください。右の木を見てください。よろしいですか？　動かないでくださいよ」

　メンドリたちが体を寄せ合い石のように動かなくなったそのとき、キツネは飛びかかって、ペロリとメンドリたちを食べてしまいました。かわいそうに。

　たとえば炭で描いた、ラフスケッチくらいで満足していればよかったのです。

# メギツネとしっぽ

——La volpe e la coda

みなさん、広場に集合！　広場に集合！　世界的な仕立て屋のずるがしこいヴォルペ《メギツネ》が、今シーズン一番の洋服を持ってやってきましたよ！　みなさん、いますね。おしゃれ好きなキツネたちにマダム・コリニア《ウサギ》、おませで気取った娘たちを連れた若々しいミーチァ《メスネコ》も、それからレプレ《ノウサギ》さんにオルソ《クマ》さん、マルモッタ《マーモット》夫人にリッチォ《ハリネズミ》氏。

仕立て屋ズル・ヴォルペは、小さなテーブルの上に上り、大きなノートに描いた洋服のカラー・デッサンを見せました。

「よくごらんください」都会の男女が描かれた絵を見せながら（動物ではなくて、あなたや私のような人間の市民です）、「よくごらんください。今年の流行はなんだと思いますか？　ほら、これです。引きすそ《トレーン》は、もう流行遅れですよ。ハイセンスな殿方たちは、もうずいぶん前からトレーンなんて着けていません。このご婦人たちもトレーンは着けていませんよ。みなさんか、流行にうとい人や田舎者《いなかもの》だけでしょう。みなさんは、いまだに〈ベルタの糸紡《つむ》ぎ時代〉のままです。流行を追いかけたいのでしたら、しっぽを切ってください。パリの仕立て屋たちも断言していますし、トリノの仕立て屋たちも同意しています。いまだにしっぽのある人なんて、時代遅れですよ！」ちょうど話が盛り上がっているところへ、しゃべりながら飛んでくるなんて、オウム以外にだれがいるでしょう？　まさにそのオウムがやってきました。大きなトラバサミをくわえています。そしてトラバサミにはさまれていたのは……。

「仕立て屋ヴォルぺさん、あれはあなたのしっぽではありませんか？」

有名な仕立て屋ヴォルぺさん、あれはあなたのしっぽではありません。まさしくそれは彼女のしっぽでした。農家の人たちに打ちのめされるのを待つくらいならと、トラバサミにはさまれたしっぽをそのまま置いてきたのでした。

広場にいた人たちは、米がザザッと流れ落ちるように、そろって笑いころげました。「それで、しっぽが流行遅れだと言ったのですね……」

でも、おしゃれ好きなキツネたちは笑いませんでした。長い棒を持ってきて、そのずるがしこい仕立て屋を追い払いました。

「農家の人たちから打たれなかった分よ」と叫びました。「代わりに私たちがお仕置きしてやるわ！」

# アクロバット・ゾウ

Gli elefanti equilibristi

去年、私の町に、さまざまなアトラクションを見せるサーカスがやってきました。一番すばらしかったのは、四頭のゾウたちが鼻で五頭目を高く持ち上げるアトラクションでした。五頭目のゾウはぼうっとせずに、鼻でネコをつかみあげてボールのように弾ませました。

観客は感心してショーに見入り、ひと晩に何回も声を限りに叫びました。

「ピラミッド！　ピラミッドを見たいよ！」

サーカスの団長は、五頭のゾウを呼んでは、ショーを繰り返しました。

ネコは大変にみえっぱりでした。観客の拍手に応えて、四方八方におじぎをしました。

五頭目のゾウの鼻の先に直立したり、のどを鳴らしたり、ヒゲを丸めたり、しっぽを振ってあいさつしたりしました。

ネコは喝采《かっさい》をひとりじめし、ゾウたちに向かって言いました。

「かわいそうにな。僕がいなかったら、君たちはきっとブーイングを浴びていただろうよ。この拍手が聞こえる？　すべて僕のおかげだ。わかってるだろうね！　僕にきちんとお礼を言ってよね！」

ゾウたちはがまんし、言い返しませんでした。

ある日なんとネコは、ショーの終わりに観客に演説までしました。

「レディースアンドジェントルメン」ミャーミャーと話し始めました。「みなさんを楽しませることができない、この五頭のろくでなしをどうかお許しください。幸い、私がいるおかげで……」

ネコが言い終わる前に、ネコを持ち上げていたゾウが鼻でちょいと投げて、楽団の中に放り込みました。ネコはトロンボーンの開いた口の中に入ってしまい、観客は大笑いしました。ショーが終わると、ネコは出演料も受け取らずにとっととサーカスから逃げていきました。

# ノラネコ
## ——Il gatto randagio

あるときノラネコは、コロッセオが見える首都ローマのテラスに集まる飼いネコのグループに、たまたま会いました。トラ公爵《こうしゃく》にシャム侯爵《こうしゃく》夫人、アンゴラ王子やロッカ・ミーチァ・ミーチォ・ミチェッティーニ男爵《だんしゃく》、そのほかたくさんの高貴なネコたちは、ゴージャスな服をまとい、宝石で飾りたて、たっぷりの香水をつけ、映画俳優たちがうらやむほどに髪を美しく整えていました。

この裕福なネコたちはノラネコを見て、いやそうに鼻をゆがめました。

「なんてひどい臭いでしょう！」侯爵夫人が悲鳴をあげました。「すみませんけれど、コロンを振ってはいかが？」

「おそれいりますが」ニャンコノミヤ伯爵《はくしゃく》が片眼鏡《かためがね》をかけ直しながらたずねました。

「ヒゲにポマードをつけてはいかがです？　とても上流の人の前に出られるような格《かっ》

好《こう》ではないでしょう？ ツメをごらんなさい！ なぜネイルサロンにいらっしゃらなかったのです？」

ノラネコは恥ずかしさで赤くなりましたが、幸い毛が黒いのでほかのネコには気づかれませんでした。けれどもちょうどそのとき、ネズミが灰色のすばしっこそうな顔をテラスにのぞかせました。

憎き敵が現れたので、トラ公爵とニャンコノミヤ伯爵、南イタリアはミネルヴィーノのツルリンニャー男爵夫人など、高貴なネコたちはみんな、ミャーミャー鳴きながら逃げてしまいました。

「みなさん、逃げてください！ 助けて、消防隊員を、警察を呼んでください！ やられた！ 革命だ！」

一方ノラネコはひと跳びでネズミをつかまえて、パクリと飲み込みました。

そしてヒゲをなめながら、だれもいなくなったテラスの日当たりのよいところに寝そべって、笑いました。

「まったく、金持ちときたら。世話してもらうのに慣れすぎて、ネズミもつかまえられない。それどころか、見ただけでこわがって逃げる。まあ、いいか。おかげでテラスはぼくのものになったのだからな」

# しつけのよい馬

## Il cavallo ammaestrato

曲芸師は、馬を完ぺきに調教しました。大きな木製ブロックに書いてある文字を選んで、自分の名前を組み合わせることを教えました。馬の名前はペガソ。ショーが始まると、曲芸師は馬にこう質問しました。

「馬さん、ダンスが始まります。あなたのお名前を教えてくれますか？」

するとペガソは、ひづめで迷わずＰにＥと順々に選んで、赤い字の書かれたブロックを、ラッパの音のようにほがらかな名前、〈ペガソ《PEGASO》〉と並べたのでした。

観客は割れるような拍手を送りました。

休憩《きゅうけい》時間に、曲芸師はペガソに自分の名前も教えました。テオドーロという名前でした。馬がこの言葉もまちがえずに覚えると、これも舞台で披露《ひろう》しました。

「馬さん、仕事にかかりましょう。私の名前はなんです？」「テオドーロ《TEODORO》」馬が答えました。もちろん声を出して答えたのではなくて、T、E、Oなど、七個の木製の文字ブロックを選んで答えたのでした。

ただテオドーロは、あまりよい人ではありませんでした。他人のものに簡単に手を出すようなところがありました。たとえば、あるとき彼は町じゅうの電球を盗み、すべての道が暗くなってしまったことがありました。市長は必死でドロボウを探し出そうとしましたが、見つけることができませんでした。ある晩、広場で曲芸師がショーをしていたとき、観客の中に市長もいました。

突然、舞台の真ん中に市長が飛び出してきて、馬に角砂糖をやり、たずねました。

「馬よ、りっぱな馬よ、大ドロボウの名前を言えるか？」

そこにいた観客は全員、これを聞いてしんとなりました。

ペガソは少しとまどいました。飼い主の言うことしかわからないからでした。でもしくじらないように、文字入りブロックを選び始めました。Tを選んでそれからE、そしてOというふうに……。何と書いたと思いますか？〈TEODORO〉でした。

あわれな曲芸師がまっ赤になったので、だれがドロボウだったのかすぐにわかってしまいました。テオドーロは刑務所に入れられ、ペガソはメダルをもらいました。今

は、市に飼われています。学校の先生は、馬にこう書くように教えています。〈市長バンザイ〉

# 大ネズミの遺産《いさん》

## L'eredità di Topone

老いた大ネズミは死が近いのを察して、ベッドの周りに息子たちを呼び集めました。トポグリジォ《灰色ネズミ》とコーダリッタ《まっすぐしっぽ》、メッゾバッフォ《半分のヒゲ》です。

「子どもたちよ」湯たんぽをおなかの上に置いて、大ネズミは静かに言いました。

「私はもうすぐ死ぬ。持ち物をおまえたちに分けておきたい。トポグリジォ、おまえにはブランビッラさんの店にある、パルメザンチーズのホールをやろう。コーダリッタ、おまえにはテレーザさんが棚に置き忘れている箱入りビスケットをやろう。メッゾバッフォ、おまえにはなにも残してやれない。でも、そのツメとじょうぶな歯があるから、ひとりでもやっていけるだろう」

そう言い終えると深々と息をつき、泣いているところを見せないために壁のほうを向きました。

父が息を引き取ると、三匹の息子たちは倉庫にある砂の中に埋めました。ワインを熟成させるのに使う砂でした。〈ワインの匂いが〉息子たちは考えました。〈父さんに寄り添ってくれる〉

父親のお葬式を終えると、息子たちはあいさつを交わし、それぞれの方向へと別れていきました。

トポグリジォは家族全員で、さっそくパルメザンチーズのホールの中へもぐり込みました。チーズを掘り、廊下や居間、階段と寝室をつくりました。

ネズミが大のチーズ好きなのはよく知られていることです。毎日、家の一部が消えていきました。こちらでトポグリジォが暖炉を食べると、あちらで妻は寝室の家具を朝食に食べるというふうに。一週間経ったら、パルメザンチーズはすべてなくなってしまいました。ネコはそのときを待っていました。かわいそうに、こうしてトポグリジォ一家は最期を迎えたのでした。

コーダリッタは、ビスケットの箱に入りました。太りすぎて、箱から出られなくなってしまいました。ネコがさっとツメにひっかけてすくい上げ、いただきます！

メッゾバッフォには守らなければならない財産がありませんでした。食べ物を得るための自分の歯があるだけでした。たくさん働いて苦労を重ねたおかげで生き上手になり、ネコからねらわれ続けていますがまだつかまっていません。もしみなさんが居場所を知っていても、お願いですからネコには教えないでくださいね！

# アラブ人とラクダ

L'arabo e il cammello

あるアラブ商人がラクダを一頭持っていて、砂漠の端から端まで商品を積んで運んでいました。これは大変に古い時代のおはなしで、その頃ラクダはまだ人の言葉を話すことができました。

ある日、ラクダが商人に言いました。

「ご主人様、私はこれまでずっとあなたのために働いてきました。そろそろ引退させてもらってもよろしいでしょうか。旅のために別のラクダを手に入れていただき、私は小屋で休ませてもらえませんか」

商人は笑い飛ばしました。「歩けるうちは、働くんだ。歩けなくなったら、おまえの息の根を止めてやる」

彼らは長い旅に出かけました。砂漠の真ん中で、強い砂嵐《すなあらし》にあいました。ラクダはうずくまり、商人はラクダのうしろに身を潜《ひそ》めました。こうして二日二晩が経ちました。嵐が収まると、商人は言いました。

「急いで出発しよう。日が出たら暑さにやられるからな。水もないし」

「私ののどには、まだ水があります。切って、飲んでください」ラクダが言いました。

商人はラクダののどを切り、水を飲みました。

再び歩き始めましたが、ラクダはとても疲れていました。

「もう歩けないじゃないか。おまえを殺さなければならないな」商人が言いました。

ラクダは返事をしませんでした。歩きを速め、そのうち小走りになり、予定の道を外れて天然のオアシスへ主人を連れていきました。そこには残酷な部族がいて、商人を奴隷にしてくさりをつけました。

「だましたな」商人は、こぶしを握りしめどなりました。

「憎しみを植えつけておいて、愛を期待しないでください。私はあなたを死から救ってあげたのに、あなたは私を殺そうとしました。あなたのことを兄のように思っていましたが、あなたは私の飼い主にすぎませんでした。主人に仕えるということがどういうことなのか、これであなたもわかるでしょう」

ラクダは、ひとりぼっちで砂漠のほうへ向かって離れていきました。アラブの人々はこの話を子どもたちに聞かせ、ラクダを動物としてではなく友達として愛するように教えます。

# 釣りをするクマ

L'orso pescatore

狩りと漁をして森に暮らすクマが、川へ釣りに出かけました。釣り針にミミズを付けて、釣り糸を垂《た》れ、魚が食いつくのを待つあいだパイプに火を点《つ》けて居眠りをしていました。日差しは暑かったけれども、そよ風が涼しく吹いていました。川のせせらぎは、ゆっくりした子守唄でした。居眠りからそのうちぐっすりと寝入ってしまい、クジラが釣り針にかかっても、眠りこんだクマは目を覚まさなかったでしょう。

ふたりの狩人が通りかかり、網《あみ》で難なくクマをつかまえました。大笑いしながら、

「釣りに来て、釣られたな！」

クマはショックでしたが、もうおりの中でした。狩人ふたりは、クマを広場で見世《みせ》物《もの》にしたらじゅうぶん食べていける、と考えました。

「紳士《しんし》淑女《しゅくじょ》のみなさん、さあさあ見てらっしゃい。釣り上手のクマですよ！」

大声で呼び込みました。見物人が集まると、金魚を入れた鉢《はち》をクマの前に置き、命令しました。「釣るんだ！」

クマは鉢に釣り糸を投げ入れますが、金魚は食いつきませんでした。

かわいそうなクマが顔をくもらせるのを見て、人々はおなかを抱えて笑いました。

あるときクマとふたりの主人は、川にかかった橋の上を歩いていました。なかほどで橋が壊れ、狩人ふたりは水の中に落ちておぼれかけました。

「助けて！　助けて！」あわれな狩人たちは、四本脚で川を渡り岸に上がったクマに向かって叫びました。

「いや。今は、何も釣りたくないんでね」クマは答えました。そして二度と釣りなどしない、と誓《ちか》いながらどこかへ行ってしまいました。

狩人たちはどうしたでしょう？　下流のほうは水が浅かったので、おぼれませんでした。でもふたりはそのあとクマの姿を見かけていません。

# ネコのコンサート

## Il concerto dei gatti

冬になると屋根の上にノラネコたちが集まって、コンサートを開きます。ムッシュー・コーダネーラ《黒いしっぽ》が、弦のゆるんだヴァイオリンを弾きながら煙突から出てきます。ドン・グリジォーネ《大きな灰色ネコだんな》は、ヒゲでマンドリンをつまびきながらやってきます。ギターやチェロ、ヴィオラ・ダモーレ、フルートに横笛をたずさえて、ほかのネコたちもやってきます。

オーケストラがそろうと、演奏が始まります。

ところが、ネコたちがあまり規律《きりつ》正しい演奏家でないのはよく知られたことです。あるネコはアイーダを演奏したがるかと思えば、二匹目はリゴレットを弾きたがり、三匹目は勝手に椿姫を演奏し始める、という具合です。そういうわけで、ネコのコンサートでは何のメロディなのかわかりません。というより、メロディではなくてミャーミャーのかたまりだけが聞こえます。

かわいそうに、ネコたちはすばらしい音楽だと信じています。でももっと気の毒なのは、下に住んでいるためにどうしてもそれが耳に入ってきてしまう人たちです。

ある夜、コンサートが嵐のように激しく鳴り響いていたときに、ムッシュー・コーダネーラが仲間のミャーミャー声に、聞きなれない声が混じっているのに気がつきました。

「静かにして、みんな」そう命じました。「音を外している人がいる」

ネコたちは静まり返りました。すみきった流れるようなウグイスの声が聞こえてきました。イトスギの枝にとまり、月に向かって歌をさえずっていたのでした。

「ちょっと」ムッシュー・コーダネーラが大きな声で呼びかけました。「ちょっと、そちらの方。私たちのコンサートのじゃまをしないでいただきたいのですが？　音階が外れているのにお気づきでないですか？」

ウグイスは真珠をころがすように鳴き続けました。

「やめてください。やめてといったら、やめてください！」コーダネーラは声を張りあげました。「先に音楽の勉強をしてから、また歌を聴かせにきてください」

ネコたちはみんなで、ウグイスの声をおおうように順々に言いましたが、ウグイスは鳴きやみませんでした。

小さな家のバルコニーから、詩人が月をながめていました。ネコが怒っているのを聞いていました。そして最後に言いました。

「ネコさんたち、あなた方はそれほど上手なわけではありません。あなたたちのほうこそ静かにして、ウグイスから音楽を習ってください。音痴《おんち》なのは、みなさんのほうですよ。住人の睡眠のじゃまですから」

それでもネコたちが静かにしなかったので、詩人はバケツで水を浴びせて追い払い、ウグイスの歌を落ち着いて聴くことができたのでした。

# 山賊《さんぞく》グマ

L'orso bandito

そのクマは山賊でした。トロンボーンとピストルで武装して、森の通行人を待ち伏せし、金目のものを身ぐるみはいだあと殺して、腐らないように雪の中に埋めました。そして時間をかけて、少しずつ食べました。

クマは、かなりの生肉を蓄《たくわ》えることができました。どのようにしていたか、みなさんは知っていますか？　前方からだれかがやってくるのが見えると、――ネズミ四匹の引く馬車に乗った、新婚旅行中のウサギの夫婦だとしましょう――クマはぼろぼろのマントをまとい、ほどこしを乞《こ》うあわれなクマのフリをしました。ぼろマントの下にはトロンボーンをかくし持ち、やさしいウサギたちが立ち止まってバッグに手を入れたとたんに、にせの物乞《ものご》いは残酷な山賊に戻っていました。

時が経つにつれ、クマの振る舞いは悪いうわさとして広まりました。もうだれも森を通り抜けようとしませんでした。

とうとう有名な四匹の警察犬が、自分たちがクマを捕まえて問題を解決してやろう、と決めました。

ある日クマは、眼帯をした四匹の目の不自由なイヌたちが、ヤマアラシの案内で山道をやってくるのを見ました。

「その気の毒な目の見えないイヌたちをどこへ連れていくんですか？」クマはトロンボーンをぼろマントの下にかくし持ち、とてもうれしそうに尋ねました。

「医者に連れていくところです」ヤマアラシは答えました。

「若い頃、町で勉強したので、私も多少は医者のようなものです。よろしければ、そばに寄って診《み》ましょうか？」

「もちろんです。どうぞ近くへ来てください。みんな、感謝するでしょう！」

クマは疑いもせずに、それどころか簡単に手に入った獲物《えもの》の味を想像しながら、ニンマリして近づきました。

四匹の警察犬は（その四匹は、まさに警察官そのものだったので）眼帯を投げ捨てると、くさりを取り出して、山賊グマをボローニャのモルタデッラハムのようにしばり上げました。

しばったまま、クマを刑務所に連れていきました。
ずるがしこいヤツには、上手《うわて》のずるがしこさで太刀《たち》打《う》ちしないとなりませんね！

# エジプトの伝説

Una leggenda egiziana

あるとき女の子は、タマリンドの実を探してくるように、お母さんから森へお使いに行かされました。森の動物たちが住む大きな木へ着きました。動物たちはみんな、エサをとりに出はらっていました。女の子は木に登り、カゴをおいしい果実でいっぱいにして、家へ帰ろうとしました。

そのとき動物たちが戻ってきて、木の上で息が止まりそうに驚いている女の子を見上げながら、こう言いました。「よし、よし。今はとても疲れているから、眠ることにしよう。あの子は、明日の朝、食べよう」。メギツネに見張りをさせて、みんなは深い眠りにつきました。

メギツネは木に登って、女の子に言いました。「あんたを助けてあげるから、たくさんのニワトリをちょうだい」

「ほしいだけあげる！」女の子は約束しました。女の子とメギツネは木から下りて、ぬき足さし足でそっとそこから離れました。家に着くと、メギツネはニワトリをおなかいっぱい食べて、持ち帰り用にたくさん袋につめました。ニワトリの血も少し器に入れて、他の動物たちがぐっすり眠っているところへ戻ってくると、ハイエナの足と顔にその血をぬりたくりました。

朝、みんなは目を覚まして、女の子がいないことに気がつきました。

「何が起きたのだ？　どうやって逃げたのだろう？」

「ハイエナが食べました」メギツネはすかさず言いました。「血だらけの足を見てください！」

かわいそうなハイエナは、自分は無実だと言い張りました。

「ではこうしましょう」そこでメギツネが言いました。「穴を掘って、そこで火を燃やしましょう。順番に一匹ずつその上を飛んで越え、もし落ちたらそれが犯人です！」

穴を掘って、火を燃やしました。そしてその上を飛び越え始めました。森の動物たちは次々と火の穴の中に落ちて、やけどをして逃げていきました。最後にメギツネ一匹だけが残り、もみ手をして、持ち帰ったニワトリで朝ごはんを食べ始めました。

ずるがしこいでしょう？　私たちのおはなしに出てくるほかのキツネと同じくらいに、ずるがしこいですよね。

# カメのレース
## La corsa delle tartarughe

いつもカメたちは、ジーロ・ディ・イタリアの選手たちが通り過ぎていくのを見ていました。そのうち自分たちも自転車で走りたい、と思うようになりました。とうとう自転車を買って、苦労してベルを鳴らしたりサドルに座ったりできるようになりました。少し時間はかかりましたが、とうとうペダルもこげるようになりました。

出発の日のうれしかったこと！　十二匹くらいのカメたち——レースに参加するために選ばれたカメたち——が、いろいろな色のしま模様《もよう》や背番号、自転車のメーカーを甲羅《こうら》に描いてもらいました。ビアンケッティ《白魚》とかレニェッティ《木切れ》など、柄は多ければ多いほどよかったので、ありったけ描きました。

ほかのカメたちは、応援のために沿道に並びました。体の大きなカメは、審判たちが乗る車になりました。背に審判や黒いサングラスをかけたジャーナリストたちを乗せました。疲れないように、できるだけゆっくり走り始めました。

スタートの合図が出て、選手たちは走り始めました。運転手のカメがぐっすり寝入ってしまっていたからでした。審判たちはめんどうになり、自分の脚《あし》でレースを追おうとはせずに、早々と自分たちも同じようにイビキをかき始めました。

ところが審判たちを乗せた車は、出発しませんでした。

選手たちは走り始めてすぐに休憩しようと、枯葉の積もっているところを探して森の中へ入っていってしまいました。観衆は自転車がなかなかやってこないので、待ちくたびれて眠ってしまいました。

早い話、スタート合図の十分後には、みんな眠ってしまったのでした。結局、だれが勝ったのか、わかりませんでした。ゴールまでたどり着いたカメがいなかったからです。

かわいそうなカメたち！　でもなんだかこれに似た子どもたちがいませんか？

〈これやる、あれもやる〉と言いながら、とちゅうで忘れてしまう子どもたちと。

# そして、読み応えのある
# 長い物語四編

E per buon peso quattro racconti lunghi

# 月の主人

Il padrone della luna

とてもむかしのことです。私たちがその時代について知っているのは古い本が何冊か残っているからですが、暴君クムが支配するフマという市がありました（現在は存在しません。どこにあったのかすら、よくわかりません）。本によれば、暴君クムは怪力で、お金持ちで残酷でした。フマには、クム王の前にも何人かの暴君がいました。でも彼ほど、民衆を苦しめる方法をあれこれ思いつく悪知恵《わるぢえ》を持つ者はいませんでした。

ある朝クム王は、メンという第一補佐官《ほさかん》を呼び出しました。彼は警備と刑務所の大臣でもありました。

「私がだれだかわかっているのか？」クム王はメンをおどすような声でたずねました。

「あなた様は、私たちがお仕えする王です。あなた様の足で首筋を踏みつけていただけたら、うれしいかぎりです」そう応えました。

「よし、よくぞ言った」恐ろしい声でクム王が言いました。「もしちがう答え方をしていたなら、首をはねさせていただろう。それではたずねるが、フマの王はだれだ？」

「あなた様が、この町と民衆たちすべての主人です。私たちの髪の毛一本にいたるまで、すべてあなた様のものです。風で私たちの目の中に入るホコリまでも、あなた様のものです」

「おまえが髪の毛の話をするのは百年早い」クム王は笑いました。メンは髪の毛がありませんでした。建物の角についている防御用の石よりもツルツルの頭でした。でもそう答えたおかげで、暴君は上機嫌でした。そしてこう続けました。「いいか。すべて私のものだ。あたりまえだ。みんな、知っている。でも、それで損をすることもある。土地は私のものだから、百姓たちは借地料を払う。鉄は私のものだから、鋼鉄《こうてつ》も私のものだ。道も私のものだから、人々はそこを歩くために私に税金を払わねばならない。水は私のものだ。忠実な市民たちは、銀貨で払わなければならない。ほかにもたくさん私のものがある。私のものであって、ほかのだれのものでもない。市民が私の目をかすめて手を出さないように注意していろ。空気は私のものだ。でも、だれもが好きなように呼吸できる。太陽は私のものだ。しかし百姓は、麦を育てたり干し草を乾かしたりするのにただで使っている。月は私のものだ。夜、月の明かりの下、川べりを人々は散歩をしている。月の光をおまえたちは受け、好き放題に使っている。その通りだろう。では、月がすり減ってしまったら、私はどうすればいいのだ？」

あわれなメンは、そのような場合どうなるのか、想像してみようともしませんでした。けれどもバカではありませんから、暴君の話にどう合わせればよいのか、ピンときました。そして、犬が飼い主よりも先に家に着こうと駆けるように、大急ぎで話を続けました。

「敬愛するご主人様」クム王のスリッパをそうっと触りながら、メンは小声で言いました。「失礼をどうかおゆるしください。もう少し前から考えておくべきでした。月に税金を課してはいかがでしょうか？　わずかな税金です……」

「なぜわずかなのだ？」クム王が大声で言いました。

「わずかな、と言うつもりはありませんでした、ご主人様。わずかな、と私は申したのですか？　それでは罰《ばつ》として、私の舌を切り取りましょう。たっぷりの税金、と申し上げたかったのでした。光ひと筋につき銀貨一枚です」

「二枚だ！」クム王は金色のスリッパで第一補佐官の鼻を踏みつけながら、どなりました。「銀貨二枚だ！　すぐだ。今晩から始めよ。必要な知らせをすぐに出すように」

「今晩は月が出ません。ご主人様」

「月が出ないだと？　よくもそんなことが言えるな？」

たとえ月がクム王のものであろうと、あと二日経たないと月が出ないということを王に納得させるために、宮殿の天文学者と占星術師を呼ばなければなりませんでした。その二日間でメンは、月に税金がかかるというお触《ふ》れを用意し、フマの七神たちに仕える聖職者を訪ねました。聖職者は、抗議せずに税金を払うよう、市民を説得しました。

税金を徴収《ちょうしゅう》するために、第一補佐官メンは警察の中に特別部隊を設けて、〈月の監視員〉と名づけました。そして仕立て屋に頼んで特別な制服を縫わせました。全身黒ずくめで、胸に半月が縫いつけられていました。

月の監視員たちは、建物の玄関や橋の下、公園のベンチの下、噴水の中、木々の葉の間、下水管の中にまで隠れました。

夜になり、月が上りました。人々は月を見ないように、うつむいて歩きました。監視員たちは大変に怒りました。道を渡ろうとして、頭を上げた老婆がひとりだけいました。たちまち監視員たちが隠れていたところから飛び出してきて、老婆に飛びかかりました。

気の毒な老婆。銀貨なんて、生まれてから一度も見たことがありませんでした。りんごが一個ポケットに入っているだけでした。それが彼女の夕食でした。それを支払いにあてて、りんごを失いました。

最初の夜は、クム王の法律を知らない外国人や通りすがりの旅人たちもいました。でも事情は口づてに早く広まったので、夜にフマを通るときにはよその人たちも頭を下げて通るようになりました。

クム王は、第一補佐官メンに来るように命じました。

「今度は、住民全員に、頭を上げて歩くように命じろ！」ひまつぶしに使っていたくるみ割りを取り、それでメンを殴りつけてどなりました。「うつむいて歩いている者にはすべて、罰金を科す。それから、違反者が五人出るごとに、月の監視員を一人、刑務所に放り込むんだ。そうすれば、自分たちが何をしなければならないのかわかるだろう」

メンはにっこりとおじぎをし、前代未聞のすばらしい決断だと言い、大急ぎで監視員を刑務所に入れ、新しいお触れを出しました。

その夜フマの人々は、示し合わせたかのように、全員が黒いサングラスをかけて出かけました。もちろん、クム王が命令した通りに頭を上げて。監視員たちはもみ手をして、ポケットから帳面を取り出しました。

「今度はもう逃げられないぞ。銀貨を出しなさい」

「なぜです？」

「なぜです、はないだろう？　今、月を見ているだろう、違うか？　月はだれのものだ？」

「偉大なるクム王のものです。まったく疑う余地はありません。でも私たちには、このサングラスのせいで月が見えないのです。見えないのですから、月の明かりは使っていません。それなのに、なぜ税金を払わなければならないのでしょうか？」

月の監視員たちは、怒って地団駄《じだんだ》を踏みました。たしかにクム王はまだ、サングラスを禁止していませんでした。クム王は悔しさのあまり病《やまい》に倒れて、死んでしまいました。

死ぬ間際《まぎわ》に、王はメン第一補佐官に命じました。

「私の月は私といっしょに墓に埋めてほしい」

メンは約束しました。「かしこまりました」

でもそうはなりませんでした。そうでしょう？　だって月はまだ空にいますよね？

月はみんなのものです。空気や太陽や海や道のように。月が自分のものだと思っているクム王のような人は、まだたくさんいます。もしそういう人に会うことがあれば、私の代わりに聞いてみてくれませんか。

「あなた、よっぱらっているのですか、クム王？」

# 画家になります
## Farò il pittore

昔あるところに、ジョルジョという男の子がいました。画家になりたいと思っていました。だれでもすぐにそれがわかりました。なぜなら彼に会いに行くとすぐに、こう言うからです。「じっとして。似顔絵を描いてあげる」

実際、炭のかけらで地面にぐるぐると描いて、世界で一番満足している、という顔でたずねるのでした。「そっくりでしょう?」

もちろん、まったく似ていませんでした。でもジョルジョがたったの四歳であることを心にとめておいてもらわなければなりません。五歳になると鉛筆で描き始め、六歳ではカラーパステルで描くようになりました。ただ本当のことを言うと、ジョルジョは、あまりしんぼう強くありませんでした。そっくりに描けないと、すぐに放り出して遊びにいってしまいました。画家になりたかったのですが、努力するのは好きではありませんでした。

　ある日、咲き始めのマーガレットを描くために野原にいると、風変わりな人がそばにやってきました。

「こんにちは」その人が言いました。「絵がとても上手だね」

「うん、得意だよ」ジョルジョは返事をしました。「でもこのパステルだと、思うように描けないの。ぼくの言うことをきかないから。シミになったりぐちゃぐちゃになったりして、わけがわからなくなるんだ。マーガレットではなくて、紙には変なものが現れたりして。自転車みたいなものが」

　その人は、にっこりして言いました。「聞き分けのよい筆をあげよう。奇跡の筆で、勝手に絵を描くんだよ。でも条件がある。毎日一時間、絵の練習をすること。練習したあと、筆はひとりでに動いて君の望むものを描いてくれるからね」

　その人はジョルジョに筆を一本渡すと、去っていきました。ジョルジョは家に帰って、さっそくその筆を試してみました。すると謎の男の人が言ったことが本当だったので、びっくりしました。白い紙やキャンバスに向かって、こう言えばよいのです。

〈赤い雲と緑色の松の木が七本ある風景を描きたい〉

　すると、すぐに筆はキャンバスを上下に動いて、十数えるうちに絵を仕上げてしまうのでした。でもジョルジョは、あの人との約束を忘れず、毎日一時間、絵の練習をしました。やがて、奇跡の筆のおかげでりっぱな画家になり、みんなが肖像画を描いてもらいたがるほどになりました。彼の絵は多くの美術館に飾られて、訪問者はしみじみと見とれました。

ある日ジョルジョは絵の練習に疲れてしまい、考えました。

〈もうぼくは有名になったし、筆はすばらしい働きをしてくれる。たいへんな思いをして、おもしろくもない絵の練習をまだ続けなければならないのだろうか？〉

そして、すぐに練習を止めてしまいました。その夜、嵐の海を描こうと思いたちました。白いキャンバスに向かって筆をにぎりましたが、何も起こりませんでした。筆はもう動きませんでした。怒ったジョルジョは、筆を遠くに投げました。いったいどこへ行ってしまったのか、筆を見つけることはできませんでした。

あわれな画家は、あちこち筆を探しました。町の店をすべて回り、数百本の筆を買って次から次へと使ってみましたが、ひとりでに動く筆は見つかりませんでした。そのうち彼の絵を欲しがる人はいなくなりました。ジョルジョは貧乏になってしまいました。

いろいろ欠点はありましたが、ジョルジョは絵が心から好きでした。ですから、ある朝心をこめて、再び絵を描き始めました。奇跡の筆がなかったので、とても苦労しました。一枚の絵を仕上げるのに何ヵ月もかかり、人々はあざ笑いました。ひもじい思いもしました。でもとうとう自力で絵を描きあげました。魔法の筆が描いた絵よりも、百倍すばらしい出来でした。ジョルジョはそれでわかったのです。以前の絵も筆がひとりで描いたのではなく、彼が毎日練習し苦労したからこそ、筆も描いてくれたのだということを。努力をしないで困難を乗り越えることはできないし、美しいものを手に入れることもできない、ということもわかりました。そしてその夜にあの魔法の筆を見つけたのですが、彼にはもう必要ありませんでした。ジョルジョは、本物の画家になっていました。

筆を壁に飾り、大切な思い出として保存しました。

一度、私は彼の仕事場に行ったことがあります。そこで見たのは、どこでも売っているような安物の筆でした。

# クリスマスツリーの陰で

## All'ombra di un albero di Natale

親愛なる編集長へ

そちらの新聞で、ネコの作品を掲載するのかどうかわかりません。なんとかこの物語を例外として扱ってくれるといいのですが。よい、いや、すばらしい家柄のネコが書いたものだからです。私については、グイド・グイドロッティ教授にお問い合わせください。私は彼の家で生まれて、二年ほど前からは、公立高校の有名な数学教師、ジョヴァンニ・マリア・マルティーニさんの家に住んでいます。玄関を入ってすぐの廊下にある、アームチェアを現住所にしています。

私は、あまり言葉やミャーミャーの多いネコではありません。そろそろ本題に入りましょう。さて、この物語は、マルティーニ先生の年少のほうのふたりの子たちのケンカがテーマになっています。アントニオ・マルティーニ十三歳とジャン・ルイジ・マルティーニ八歳。他にいる年長の子たちとは、私はつき合いがありません。彼らも、私には興味がありません。しっぽを引っ張ったりお手やうしろ足で立つ、というような難しい技を私にさせたりはしません。でも、さきほどのアントニオとジャン・ルイジ・マルティーニ相手だと日常茶飯事です。子どもたちとのつき合いには辛抱が必要、と、私はがまんしています。

十二月に入ったある夜、私はアームチェアで寝入っていましたが、金切り声で目を覚ましました。

「プレゼピオ（キリスト生誕シーンのミニチュア）なんて作らない、ぼくはいやだ、いやだ、絶対にいやだ！」弟の鼻先で指を揺らしながら、アントニオが叫んでいます。「これまでの人生で、もう十回も作ってきた。毎回、同じだ。天井に届くくらい高いクリスマスツリーに、少なくとも百個の電球と点滅灯《てんめつとう》の星一個を飾りたいんだよ。点滅灯がなんのことだか、わかる？　わかってるの？」

「〈テンメントウ〉なんて、どうでもいいよ」ジャン・ルイジはきっぱりと言いました。「鼻か耳にでも、つければいいじゃない。木が見たければ、公園に行くよ。とてもきれいなのが、いくらでも生えてる。プレゼピオを作る、とぼくは言ったでしょ。

ぼくが決めたことを、お兄ちゃんには変えさせないから。それに、クリスマスツリーは荒野の《ノルディスタ》習慣ってこと、知らないでしょ。ぼくの先生がそう言ってたんだから」

（編集長、幼いジャン・ルイジはきっと〈北欧の《ノルデカ》〉と言うつもりだったのでしょうが、映画で覚えた〈nordista（荒野の）〉という言葉をうっかり使ってしまったのでしょう。お許しください。どうぞ読み進んでください）

「プレゼピオなんて、子どもっぽいよ。〈赤ずきんちゃん〉みたいなものだよ」

荒野派《ノルディスタ》がイライラして言い返しました。

「〈赤ずきんちゃん〉は、お兄ちゃんのことだろ」弟が言い返しました。

アントニオの赤毛をからかったので、ケンカ寸前となりました。ちょうどのタイミングで、マルティーニ先生は読みふけっていた新聞を下げ、メガネを外して通る声で言いました。

「フム、フム」

マルティーニ先生の〈フム、フム〉は、ほかの人のとはまったくちがいます。だれでも〈フム、フム〉は言えます。ネコにだってできます。でも、先生のはちがうのです。まるでピストルから二発、ねらいを定めて撃《う》ちこまれる感じなのです。玄関前の廊下をねらい撃ちにして、その場が静まり返りました。驚いてピンと立った、私のしっぽのふるえが聞こえるほどです。

「むだな言い争いだね」マルティーニ先生は、やさしく言いました。私たちはドキドキしていましたが、先生は子どもたちをチラリと見やってから、メガネケースを閉めました。ゆっくり立ち上がりテーブルの下にいすを押し戻して、こう言いました。

「ケンカすることはない。アントニオはクリスマスツリーを作って、ジャン・ルイジはプレゼピオを作ればいい。それで丸く収まるだろう。幸いうちは広いんだ。ここを出ていかないかぎり、全員に居場所があるからね」

（ふたたび割り込んですみません、編集長。マルティーニ先生は、もっと実入りのよい家賃で他へ貸そうとする大家から立ち退《たちの》くように言われて、係争中なのです）

「クリスマスが倍、楽しくなるよ」マルティーニ先生がつけ加えました。自分の教えているクラスの宿題を見るために書斎に入ろうとして、こうつぶやきました。「パッレッタ、おまえはどう思うかな？」

（パッレッタとは、私のことです。マルティーニ家の人々は、これが私の名前だと信じています。まったくちがうのですけれどね。私には名前はなく、持ちたいとも思っていません。名前をもつと、納税通知もついてくるかもしれません！　遠慮しておきます。ひっそりと生きているほうがいいのです。別に大切なことなどありませんか

ら。好きなように、私を呼んでくれればいい。何か聞かれても、私は答えません)

先生にも私は答えませんでした。

父親が決めたことに、さっきから何度も話に出てくる少年たちがどれだけ喜んだか、編集長、詳しくご説明するまでもありません。さっきまで指を目につっこみかねなかったことなど忘れ、大喜びで抱き合いました。私もお祭り騒ぎに引きずりこまれました。まるで私のおかげでそうなったとでもいうように、アントニオが勝利を祝い、そのあとジャン・ルイジも私を抱きしめて耳元でこう叫びました。

「パッレッタ! やった! 聞いたでしょ? ぼくたちふたりとも勝ったんだよ」

勝負は引き分けだと私は思いましたが、他人についてネコが意見を言う習慣がないのはご存知の通りです。

そのあとしばらく、私は兄弟の間をかわるがわるに抱っこされました。少年たちから順々に、それぞれのクリスマスの準備を見せつけられました。

「パッレッタ」。ジャン・ルイジは、テーブルの上に紙で作った山を見せて言いました。「あれがほら穴だよ。見える? それじゃない、それはパン屋。キリストに会いに行く羊飼いたちは、ひと晩じゅう旅をしたので腹ペコだったでしょ。だからパン屋がいるんだ。裕福な人たちのために、食堂もあるよ。テーブルに模型のチキンが置いてある。貧乏な人たちのために、おばあさんの手作りリコッタチーズや焼き栗、ルピナス豆売りもいるからね……。子羊が見える？　おまえよりも大きいよ。近くに現れたら、きっとこわがるだろうな」

（ここで申し上げておきますが、私は羊をこわいと思ったことなど一度もありません。あの程度で驚くなんて、ありえません。ちょっと引っ搔《ひか》けば、十匹ほど倒してみせます）

「ずっと向こうの、丘の上のほう、頂上に近いところに見えるのは」ジャン・ルイジは説明を続けます。「東方からやってくる三人の賢者たちなんだ。立派なラクダが見える？　おまえもラクダに乗ってみたい？　ぼくは乗ってみたいな。砂漠を渡り、遊牧民たちとテントで寝てみたいなあ……」

小さな模型の前で、ジャン・ルイジは空想するのが好きでした。羊飼いたちを静かにさとしながら、しょっちゅう置き場所を変えました。「おまえはそこはもう十分に見ただろう。今度は、別のを前に出してやろう」

毎日、三人の賢者たちのラクダを少しずつ前進させました。毎日、何かしら新しいものを家に持ってきました。壁に付けるコケや雪用の綿、馬にまたがるカウボーイの模型まで持ってきて、アントニオにしかられたりしました。

「その時代には、カウボーイはまだいなかったんだからな」

「クリスマスツリーに付いている調光器のほうが」ジャン・ルイジは言い返しました。「プレゼピオのカウボーイより合ってないよ」

アントニオは弟の腕から私をひったくって、居間の向かいの隅にある、自分が手がけた作品の前へ連れていき、「パッレッタ、ツリーにあの装置がついていると変かな？」

変だったでしょうか？　私にはわかりません。だいたいツリーというのは、不思議なものを見せてくれます。何百個もの光るもの、小さな玉や大きな玉、小さな星や大きな星を集めて巣ができています。そのたくさんの物の中に、とても現代的なリモコンで動く、飛行機やなんと惑星の間を飛ぶロケットの模型まであるのが見えます。お伝えしておきますが、アントニオは、地球から月へ最初に飛行するチームの一員に絶対になりたいと思っているのです（なれますように！）。

アームチェアに放っておいてくれたほうが私はずっとうれしかったのですが、そういう思いに反して、ますます兄弟戦争に巻きこまれてしまいました。ところがある朝、うたた寝から目を覚ますと、ふたりが思いにふけった顔で肩を抱き合うように座っているのが見えました。家にいるのは彼らだけでした。口うるさい人たちにじゃまされずに、ふたりで戦う絶好のチャンスでした。どんなに大切な話があるのでしょう？　注意深く聞いてみることにしました。

「パパに知られてはだめだ」アントニオは低い声で言いました。「他にも心配ごとがたくさんあるのだから」

「でも、危ないよ！」ジャン・ルイジが返しました。「やっぱり知らせなくちゃ。せめてママには言わないと」

「そんなこと、だめだ」兄はつぶやきました。「絶対に言うんじゃないぞ。ママは泣いて、もっとややこしくなるだけだから」

「でも、もし本当に撃ったらどうするの、パパのことを？」私は〈撃つ〉という言葉を聞いて、もっと詳しく知らなければと思いました。少年たちに質問をしてじゃましたくなかったので（よくご存知のように、私はだれにも決して質問しません）、テーブルの上に跳び乗って、そうっと近寄りました。カーペットの上に、ブロック体の大きな字が書かれた紙が折りたたまれて落ちていました。幸い、私は字が読めるのです。だてに教養のある人たちの家で生まれ育ったネコではありませんから。紙にはこう書かれていました。

〈先生、気をつけろ！　今学期の通信簿に、４は書かないことだ。さもなければ、ズ

ドンだ！〉

編集長、私が一瞬でもそのおどしを信じた、と言ったら、きっとびっくりなさるでしょうね。でもこのご時世ですから、軽く見てはなりません。悪い成績のせいで、先生をピストルで撃った子たちもいましたから。新聞にも記事が出ていました。私はときどき新聞も読んでいるのです。この家でも、あのひどい事件が話題に上りました。少年たちはショックを受けた様子でした。

「このメモのことは、だれにも言っちゃだめだぞ」アントニオがはっきり言いました。「それだけじゃない。明日からは、最初にぼくたちが郵便受けを開けられるようにしなければ。パパが危ない。でも落ち着いて暮らしてもらわないと。ぼくたちでパパを守ろう」

「でも、どうやって？」ジャン・ルイジが弱々しくたずねました。

その夜マルティーニ先生は、子どもたちの様子がいつもとちがうのに気がつき、びっくりしました。ふたりが自分から少しも目を離さず、そばにいて、あれこれ意味ありげに目配《めくば》せをしているのです。ジャン・ルイジは、ひざに座ることまでしました。ここ数年、そんなことはしなくなっていたのに。

「今夜は、戦争はしないのか？」先生はにこにこしながらたずねました。

アントニオはいつものとおり、すぐにツリー自慢をしました。ジャン・ルイジは弱々しくうなずいて、鏡の上に置いてある羊の群れに水を飲ませるために走っていきました。そのとき彼の目から涙がこぼれ落ちて、静かに輝く作り物の湖にしたたるのを、私は見ました。

それから数日のあいだ、私は心配しながら子どもたちの様子を見守りました。子どもたちは、朝早く起きました。交代で眠っていたのかもしれません。宿題を言い訳にして、ないしょでお手伝いさんに起こしてもらっていたのかもしれません。私は、たいていアントニオかジャン・ルイジが郵便受けを見にいって戻ってくるときには、目を覚ましていました。ふたりがこっそりと、一通目と同じような手紙を広げているのを二回ほど見ました。ふたりがさらに用心深く話しているのを聞きました。

「まったく解決できてないじゃないか！」ジャン・ルイジが嘆いていました。

弟の顔色は日に日に悪くなり、びくびくするようになりました。マルティーニ夫人は心配し、熱がないかおでこに手をあててみたり、舌をみたりしました……。

事が動いたのは、私のおかげでした。

まだよく覚えていますが、ある日曜日の朝、郵便受けにまた差し出し人の名前のない手紙が入っていました。アントニオが弟に手紙を見せていたそのとき、書斎のドアが開いて突然、先生が出てきました。アントニオはポケットに詰め込もうとして、封筒を落としてしまいました。幸い先生は何も気がつきませんでした。だって、その上に私が座ったからです。

先生が出ていくと、アントニオが、飛び上がるほどの大声で言いました。

「パッレッタ！　何をしてるんだ、パッレッタ？」

何もおかしなことはしていませんでした。ただ、純粋な好奇心から封筒をひっくり返してみていただけでした。でもアントニオはとても興奮していました。

「パッレッタ、おまえは〈エース〉だ。わかった。よしよし、いい子だ。わかった」

「いったい何がわかったの？」ジャン・ルイジが心配そうにききました。

「見てごらん。封筒には切手が貼ってないだろ。これまでまったく気がつかなかった。でもパッレッタは気がついて、なんとかしてぼくに教えようとしたんだ」

「つまり、殺人犯は自分で手紙を持ってくるということなんだね！」ジャン・ルイジは叫びました。

「シーッ！」兄が止めました。「みんなに知られてもいいのか？　どうしたらいいのか、わかったぞ。殺人犯を驚かせて、つかまえるんだ」

危ない企《くわだ》てでした、編集長。しかし、少年たちをあきらめさせてはなりませんでした。少し迷いながらも、私はいっそう見守りを厳しくすることにしました。子ども部屋のドアの前まで行って、中の様子に耳をそばだてたりしました。「明日は成績発表の日だ」アントニオが言いました。「一分だってパパをひとりきりにしてはならない。明日は学校がないから、後をついて回ろうね」

いい計画だ、と私はアームチェアに戻りながら心の中でうなずきました。でもちゃんと最後まで聞いていなかったのでした。まだ夜の明けないうちに、――時計が五時を鳴らしたとき――ふたりは音を立てずに起きました。廊下でそうっとオーバーコートをパジャマの上からはおって、階段に出ていきました。私は、ふたりの前に飛び出しました。

「戻れ！　パッレッタ、家の中に戻れ！」ジャン・ルイジは私に小声で命じました。でも私はすでに、踊り場から踊り場へと下りていくところでした。

建物の玄関前のアトリウムには、エレベーターの裏に狭くて暗いスペースがあり、守衛がほうきを入れていました。ふたりは寒さとこわさでふるえながら、そこへ入り込みました。そこからだと、薄暗い電球の灯りで、玄関脇の壁に並ぶ郵便受けを見張ることができました。私は守衛の部屋の前のマットに伏せて、床のタイルの冷えから身を守りました。

長いあいだ待ちました。六時になると守衛が部屋の中で咳《せき》をし、スリッパでアトリウムを突っ切り、玄関門を開けました。その頃には、向かいのバールもシャッターを上げました。エスプレッソ・コーヒーの匂いを吸い込むまでは、守衛は掃除にかかりません。玄関門は見張りなしのまま、開きっぱなしになっていました。冷たい霧《きり》がいきなり吹きこんできたので、思わずニャオと声がもれました。あのかわいそうなふたりは、一時間も前から寒さとこわさにふるえながらあそこでじっとしているのです。

きっと、口も開けず目だけ大きく見開いて、ぎゅうっと抱き合っているのだろうと想像しました。編集長、私は彼らの名前を呼んで励ましてやりたかったですよ。

「アントニオ！　ジャン・ルイジ！」

心配そうな、張り詰めた声が階段の上のほうから聞こえてきました。

「アントニオ！　ジャン・ルイジ！」

マルティーニ先生の声だとわかりました。子どもたちがいないことに気がついたにちがいありません。どれほど恐ろしい思いでいることでしょう。

足音が聞こえてきました。家の玄関ドアが開いていたので、先生は階段へ出てきました。少年たちは、玄関ドアを閉め忘れたのでしょう。二階まで下りてきたのがわかりました。私はびっくりして足をそろえて飛び上がりました。少年たちはどうするのでしょう？　泣きながら出てきて、パパに抱きつくのでしょうか。あるいは、全速力で階段を駆け上がって逃げるのでしょうか？

先生は、階段の最後の一段まで下りてきました。ちょうどそのとき、アントニオが隠れていたところから飛び出して叫びました。

「パパ、気をつけて！　撃たれる！　殺される！」

若い男がひそかにアトリウムに入ってきて、手に封筒を持ったまま郵便受けの前で立ち止まりました。回れ右して逃げ出したかったのでしょうが、アントニオが勢いよく飛びかかり、男を床に倒しました！　先生は一瞬立ちつくしましたが、床に倒れているふたりのほうに走り寄ると引き離して立たせました。三人ともだまっていました。しんとした中に、悲痛な泣き声が響きました。ジャン・ルイジでした。最後になって、勇気が出なかったのです。

「ジャン・ルイジ、つかまえたぞ！」アントニオが勝ちほこったように叫びました。

「ジャン・ルイジ、どこにいる？」先生が呼びました。「おい、きみ、アントネッリ、ここで何をしているのかね？　何だね、その封筒は？」

教授は取り上げると、急いで封筒を開けて読みました。

「ああ、まったく」とだけつぶやきました。「まるで映画みたいだね。だから私は、若者が映画館に行くのを禁止するべき、といつも言っているんだ。さあ、上へ来なさい。おまえたちふたりも来なさい。私の前を歩くんだ」（ジャン・ルイジもかくれていた場所から出てきましたが、顔はまだ涙でぬれていました）

三人の少年たちは、うつむいたままゆっくり階段を上っていきました。私はみんなの前を走っていきアームチェアに座って、そこからどう状況が変わっていくのか見ようとしました。

〈お楽しみはこれからだ〉私は心の中で思いました。

マルティーニ先生は、家ではホットチョコレートの名人です。その朝は、とてもたくさん用意したので、少年たちはひとり三杯ずつも飲まなければなりませんでした。先生にさからえなかったのです。

あわれなアントネッリは、カップから鼻を上げませんでした。もう十六歳にはなっていたはずですが、そのときは、四歳以下で幼稚園で木馬にでも乗っていたほうがましと考えていたでしょう。

「宿題をする代わりに、ピストルの用意か？　まあ、いいだろう。いいさ。それで弾《たま》か、それとも火薬か？」

「あの、僕、その……」

「撃ちたくなかったのは、わかっている。映画のようにしてみたかったのだろう？　どうして君に数学で4をつけているかもしれない、と思ったのだ？　その通り、ほら、4をつけてある。でもきみならきっと7を取れるだろう。たぶん8も可能かもしれない。自分では気がついていないが、きみには数学の才能がある。それになるべく早く気がつくといいね。年末までに。私も小さい頃は、数学がとても苦手だった。三年続けて、落第しないように再試験を受けるほどだった。あまりに数学が嫌いで、ついにはよくよくかみくだいてやろうと思うようになったんだ。それでこうして今、私は数学教師になっているわけだ」

先生はしばらく、ホットチョコレートをカップに注いではおしゃべりを続けました。居間へ女性たちが入ってこないようにし、教授は話して、話して、話しました。私は認めていないへんてこりんな名前、パッレッタと呼びながら、私についても話しました。

最初に笑ったのは、ジャン・ルイジでした。少しして、アントニオもにっこりしました。

とうとうアントネッリも顔を上げました。笑ってはいませんでしたが、ホットチョコレートは気に入ったようでした。

「おっと、大変だ」先生は叫びました。「ご両親は、きみがどこにいるのか知らないのだね。心配しないように、連絡をしなければ。私がしよう」と電話をかけに廊下へ出ていきました。小さな声で話すのが聞こえました。

アントネッリは、先生がいないあいだに周囲を見回しました。プレゼピオを注意深く見て、クリスマスツリーを枝一本にいたるまで見ていましたが、何も感想を言いませんでした。ジャン・ルイジは立ち上がり、三人の賢者たちを少し動かしに行きました。もう一日経っていたからでした。

そのとき、とても重要なことに気がつきました。電気のコンセントが、居間の反対側の隅にあるということを！　アントニオはツリーの星に灯《あか》りをつけることができますが、これではジャン・ルイジはプレゼピオに照明を当てられません！

「プレゼピオの台の近くに、もうひとつコンセントを持ってくればいいんだよ」アントネッリがプレゼピオをよく見ながら言いました。「あるいは、ふた口のコンセントをツリーのところにつけるといいね」

「ふた口のコンセントだって？」アントニオは聞き返しました。

「そうさ。安いよ。プレゼピオをツリーのそばに近づければ、電気コードの節約になるな」

なんという提案なのでしょう！　あれほど争ったのに、いまさらプレゼピオとツリーを近づけるだなんて。

ところが驚くことに、三人はすぐに作業に取りかかりました。そして数分後には、プレゼピオとツリーはひとつの風景にまとまりました。三人の賢者たちがいる丘にツリーが生え、大きな木から伸びた枝は、羊の群れの後ろについている子犬までをおおいました。クリスマスツリーの下に、プレゼピオが並びました。

そのあと、アントニオは箱の中からふた口のコンセントを探し出し、アントネッリはねじ回しで電気コードと格闘しなくてはならず、それはかなりやっかいでした（アントネッリには電気の才能もあったようですね！）。いち、に、さん……。ふたつの星に同時に光が灯りました。プレゼピオの流れ星が、赤い光を調光器に投げかけました。ツリーの星は、青く美しく光りました。ついたり消えたりするネオンサインのようです。空を見上げている羊飼いたちは、感激しているように見えました。マルティーニ先生はどうしたのでしょう？　そんなに長い電話なのでしょうか？　いいえ、電話などではありませんでした。ドアの陰からのぞいて、笑っています。父親のまなざしは、寄り集まって相談する、やさしい少年たちの頭三つに注がれています。先生に気がついたのは私だけで、ウインクをしました。

先生もウインクを返してくれましたよ、編集長。マルティーニ先生がネコのパレッタにウインクをしたのです。そんなの、見たことがありますか？　めったにないことですが、本当です。信じてください。

# ネコ星

La stella Gatto

その頃ローマでは、多くの人がネコを連れて家を出ていってしまいました。自動車のせいで、思想家たちは静かに思いにふけることができなくなりました。いろいろな話を知っている老人たちに耳を貸す人はいなくなり、老人の居場所は家の中にはもうありませんでした。女の人たちは、空《から》っぽのアパートでひとりぼっちになりました。みんな、荷物をまとめて、どこかへ消えてしまいました。理由はわかりません。ネコといっしょにどこかへ行ってしまったのでした。

なにが起きたのでしょう？　しばらくして、事情がわかりました。とても単純なことでした。アルゼンチン広場にだけ起きたことでした。

広場はこういう感じです。何本もの道がのび、建物、自動車、トロリーバス、騒《さわ》がしさに囲まれていて、真ん中には古代ローマ時代の荘厳《そうごん》な遺跡や二、三の寺院、崩《くず》れた柱があり、芝生、数本の松やイトスギが生えています。そして、ネコたち。広場の中や暗い地下、古い回廊《かいろう》は、車で行ったり来たりはできません。入口の門と数段の階段で、車の海から切り離された、おだやかな島のようです。その階段を下りると、そこはネコでいっぱいです。

あらゆる種類のネコがたくさんいます。子ネコたちはトカゲをつかまえて遊び、年を取ったネコたちはずっと眠っていて、〈ネコのママたち〉が夕飯用に紙に包んだ余りものを持ってくるときだけ目を覚まします。ネコは、それぞれ好きなところを選びます。くぼみに潜り込んだり、柱に向けて脚を伸ばしたり、寺院の階段で丸くなったりします。

階段を下りた人たちは、低い柵を乗り越えるとネコに変身し、すぐに脚をなめ始めました。

通りすがりの人たちに見えたのは、たとえばトロリーバスの窓から見たとすると、ネコだけでした。石があたって目が悪くなったネコやけんかで耳を失ったネコ、灰色の毛、赤毛、トラや黒いのは、何とか見分けることができました。

でも、それが父ネコと母ネコから生まれた〈ネコ－ネコ〉なのか、あるいは以前、上の世界では郵便省の職員や駅長、電車やタクシーの運転手をしていた、〈ネコ－人間〉なのか、というところまでは見分けられませんでした。

見分ける方法があるにはありました。たとえば、〈ネコのママたち〉が持ってくる臓物《ぞうもつ》や魚の頭、チーズの皮に目がないネコたちがいますが、それはネコ－ネコでした。一方ほかのネコたちは、まずは余りものが包んである古新聞に目をやりました。見出しにざっと目を通して、目玉記事を十行ほど読み、結婚した王女の写真を見ました。注意深く読み、以前住んでいた世の中の今の様子を知り、いつ政府が増税しようとしているか、どこかでまた戦争が起きているのかどうかを知るのでした。

その頃、デ・マジストリスさんもネコたちと家を出てきたところでした。学校の先生を定年で退職しましたが、妹と気が合わずに出てきたのでした。妹に、お気に入りだったアゴスティーノという名前のネコをあげてしまいました。デ・マジストリスさんは長い間、何千人もの子どもたちに読むことを教えてきました。十数匹のネコも飼ってきました。どのネコにもアゴスティーノという名前をつけてきました。最初のネコがアゴスティーノという名前で、路面電車にはねられて死んでしまったのですが、そのネコのことを忘れられなかったからでした。デ・マジストリスさんがやってきた後、ネコたちにいろいろなことが起きました。

ある夜、彼女は星についてモリコーニさんに話をしていました。以前、彼は清掃人でしたが、今では白い星を胸につけた黒ネコです。ほかのネコ－人間と大勢のネコ－ネコたちが彼女の話を聞きながら、空を見上げたりしていました。

「ほら、あれはアルトゥーロ星です」

「むかし、アルトゥーロという名前の人を知っていました」モリコーニさんが言いました。

「賭《か》けをするためにいつも人からお金を借りていましたが、勝ったためしがありませんでした」

「向こうにあるあの七個の星を見てください。あれがオオグマ座です」

「空にクマがいるのですか？」信じられない、というふうにピラータネコがたずねました。彼はネコ－ネコなのですが、童話に出てくる多くの海賊《かいぞく》と同じく片目が見えないので、こう呼ばれていました。

「正確には」デ・マジストリスさんは答えました。「二頭います。オオグマ座とコグマ座です。イヌも二匹いるのですよ。オオイヌ座とコイヌ座です」

「イヌ、ですか」ピラータがバカにしたように口をはさみました。「それは、けっこうなことで」

「動物の名前がついた星は、ほかにもたくさんあるのですか？」モリコーニさんが質問しました。

「とてもたくさんありますよ。ヘビ座にツル座、ハトにオオハシ、ヒツジ、トナカイ、カメレオンにサソリ……」

「けっこうなことで」ピラータが繰り返しました。

「ヤギにライオン、キリンもあります」

「まるで動物園ですね」ピラータが言いました。

もう一匹のネコ-ネコは、とても照れ屋で言葉に詰まりがちで、ツォッツェットというあだ名です（〈ツォッツォ〉はローマでは〈汚い〉という意味なのですが、ツォッツェットは汚いどころか、毎日二十回は身体を洗っていました。あだ名の意味がわからないですね……）。そのツォッツェットが質問しました。

「あの、え、えと、ネ、ネコもあ、ありますか？」

「残念ながら」デ・マジストリスさんはニコニコしました。「ネコはありません」

「あれほどたくさん星があるのに」ピラータが言いました。「僕たちの名前がついた星はひとつもないのですか？」

「ひとつもありません」

納得できない、とブツブツ言う声が起こりました。

「それはないよな……」

「サソリやムカデ、ゴキブリはあっても、ネコはなし、か……」

「おれたち、ヤギよりダメなのかね？」

「僕ら、奴隷の子どもたちというわけなのか？」

この最後の言葉に、ピラータは反応しました。

「その通りだ。人間は実に僕らへの思いやりがあるようですな。ネズミ退治となると、やあネコちゃん、あらネコちゃんとチヤホヤするくせに、星となるとイヌやブタの名をつけるわけだ。この先、よい方の目がころげ落ちても、もうネズミをとってやらないからな」

しばらく時間が経ちました。ある日、モリコーニさんがタラの匂いがついた新聞の〈学生が、だい……を占拠《せんきょ》〉という見出しを目にとめました。

ここで新聞紙は破れていました。

「何を占拠したのでしょうか？」だれかが大きな声でたずねました。

「大学です」デ・マジストリスさんが説明しました。学校の先生だったので、何でも知っていました。「不満があって、抗議するために大学にたてこもったのです」

「どうやって占拠するのですか？」

「たぶんこういうふうだったのではないかしら。大学構内に入って、門を閉め、自分たちの要求を新聞社に知らせた、ということなのでしょう」

「あ、そ、そうなんだ」ツォッツェットは興奮して、詰まりながら言いました。

「それで？」ピラータがせっつきました。

「そ、そ、そのと、そのとおりです。僕らもそ、それを、し、しなければ！」

「僕らと大学は、どう関係があるんだ？」

「え、えと、あの……、ほ、ほ……、ほし……」

「わかった」ピラータが言葉をつなぎました。「人間が僕たちに星をくれないから、抗議のために占拠しよう……でも、どこを占拠しようか？」

おしゃべりがいつの間にか、暴動へと変わってしまいました。ネコーネコとネコー人間たちは、ツォッツェットの考えを実行するために熱心に話し合いました。

「人々がすぐに気がつくように、目立つ場所を占拠しなければ」

「駅だ！」

「いや、だめ、鉄道が使えなくなるのはだめだよ」

「ヴェネツィア広場！」

「そんなことしたら、交通妨害でつかまってしまうわ！」

「聖ピエトロ大聖堂のドーム！」

「高すぎるでしょう。てっぺんにのぼったネコ一匹を見るのに、望遠鏡がいるわよ」

この最後の言葉に、ふたたびピラータがひらめきました。「コロッセオだ」と言いました。みんなはすぐにそれこそが正しい案だと思いました。コロッセオこそ、占拠するのにぴったりでした。

さっそくピラータは、準備の指揮をとり始めました。「われわれ〈アルゼンチン広場〉出身のネコは、頭数が少ない。アヴェンティーノやパラティーノ、フォーリにサン・カミッロのネコたちにも声をかけないと……」

「そうそう、あのネコたちね！　でも来ないよ、地元でいいもの食べているから」

サン・カミッロは、病院です。患者のいる病棟や庭、病棟の周りの生け垣にネコたちがいます。食事の時間になると窓の下に並んで、十五分前であっても、患者が窓から昼食や夕食の残りを投げるのを待っているのです。

「来るだろうね」ピラータは言いました。

その通り、やってきました。夜のあいだに、ローマじゅうの遺跡や地下室、由緒ある有名な場所やごみだらけの路地、トラステベレやモンティ、パニコ、オッターヴィアの回廊など、旧市街からも遠い町の掘立《ほった》て小屋からも、数百、数千匹のネコが集まってきて、コロッセオを占拠しました。どのアーチにもどの階にも、しっぽを逆立《さかだ》てたネコたちがびっしりと並びました。一番高い石の上にも、ぎっしりとネコが並んでいました。

最初にこのネコたちを見たのは、朝が早いローマの工員やバールのウエイターたちでした。その次は、八時に出勤する国家公務員たちでした（ローマの人たちは朝寝坊だ、とみんな言いますけれど……）。あっというまに、古い円形闘技場の周りに大勢の人だかりができました。ネコたちはじっと静かにしていましたが、人々はそうではありませんでした。

「お、なんや？　美人コンテストやろか？」

「パレードとちゃうか。ネコ王国のお祭りやろ」

「ようけおるなあ。うちのヤツにも電話して知らせてやろ。うちを出てくるときは、まだ寝てたからな。きっとあいつもここへ来たいやろ」

九時に、最初の観光客の団体がやってきました。コロッセオを見学するつもりだったのに、入り口は閉まっていました。すべての入り口がネコに占拠されていて、通れません。

「シッシッ、チクショー！　ボクたちにコロセオ見せるデス」

「プサイクなニィェコめ。あちいけ！」

なかには、気を悪くしたローマの人たちもいました。

「ぶさいくなネコ、だって？　そりゃ、あんたたちはたいした美形だからな！　何ぬかしていやがる、この参拝者たち！」

どなり声が飛び交い、ひとりの女性観光客が叫んだとき、ローマ人と観光客の間でケンカが始まりそうになりました。

「プラーヴィ！　プラーヴィ、ミチーニ！　ガンバ、ニィェコ！」

デ・マジストリスさんの合図を受けて、ネコたちは要望を説明し、大きな白い旗を広げました。そこにはこう書いてありました。〈正義をわれらに！　ネコ星をわれらに！〉

ローマ人たちも観光客も大笑いして仲直りをし、盛大な拍手を送りました。

「ったく」文句の多い御者《ぎょしゃ》が大声をあげました。「そこのネズミでは足らんの？　今度は星まで食べたいのやて！」

女性観光客は宇宙学の教授で事情がのみ込めていたので、御者に説明しました。すると納得して、こう言いました。

「そうか、それはかわいそうや。あいつらにも言い分はあるわ」

結果的に、すばらしい占拠となりました。それは深夜零時まで続きました。いろいろなネコの集団は解散し、しのび足で寝静まった首都ローマに消えていきました。アルゼンチン地区出身のデ・マジストリスさん、モリコーニさん、ピラータ、ツォッツェットやほかのネコ－ネコにネコ－人間たちは、静かにフォーリやヴェネツィア広場、デッレ・ボッテーゲ・オスクーレ通りへ帰っていきました。

ツォッツェットには、実は、少しわからないことがありました。

「あの、そ、それで、ぼ、ぼくらに、ほ、ほしは、く、くれるのだろうか？」

ピラータは言いました。

「ツォッツェット、落ち着け。ローマは一日にしてならず、だ。僕らが何を望んでいるのか、みんなはもう知っているし、僕らにコロッセオを占拠する力があることもわかっただろ。少しずつ、なるようになるさ。すぐにネコ星をくれるのなら、それもよし。うまくいかないようなら、ミラノのネコたちに連絡すればドゥオーモ《大聖堂》を占拠してくれるだろう。パリのネコとも連絡を取ろう。そうすれば、エッフェル塔《とう》を占拠してくれるよ。エトセトラ、だ。わかったか？」

ツォッツェットは答える代わりに、宙返りをしてみせました。宙返りをするときは、言葉に詰まったりはしませんでした。

モリコーニさんはでも、つけ加えました。

「そうですね。でも、はっきりさせておかなければならないことがあります。ネコ星は、アルゼンチン広場の真上に出るようにしてもらわなければ意味がありません」

「きっとそうなるよ」ピラータは言いました。いつもの通り、最後に聞いた言葉がそのまま彼自身の言い分になりました。

# あとがき　ぼくのロダーリ

荒井良二（装画）

ロダーリの書く短い物語は、僕のだいじなあめ玉のようなもので、いつも僕の心のポケットに忍び込ませている。

ロダーリの即興的とも思える語り口と、無理に完結させないところに勝手に親近感を覚えうれしくなる。しかし、読むたびに、「あなたの頭は、石みたいに固いですね？」と言われているようで、そのとおりです！　と重い頭をつい垂れてしまう。

ロダーリの本はどこから読んでもいいし、小さな物語のタイトルを眺めるだけでも、口元がゆるんでしまう。タイトルは、一見キラキラ光るあめ玉のように思えるのだが、読んで口にすると、甘すぎず奥深い豊かさを味わうことになる。

僕には、ほんのり甘い石をなめているようにさえ思えてくる。この、ほどよい甘さと、ゴツゴツした石の感じは、人生そのものといった按配《あんばい》で、だいじなことを決して忘れないようにくり返し口にしなさい！　と言われているのかもしれない。そうしているうちに僕の創作する石頭は少し溶けて、いい感じに柔らかくなるかもしれない。
だから、ロダーリの本は僕のお守りのようなあめ玉で、ときどき出してはなめている。

# あとがき　ロダーリと父に関する記憶

飯田陽子（担当編集）

ジャンニ・ロダーリ“Favole al telefono”（邦題「電話で送ったお話」鹿島研究所出版会）が日本で初めて刊行されたのは一九六七年でした。岩波書店の「チポリーノの冒険」（一九五一年）がロダーリ初の和訳本で、この作品は五作目になります。

私は三歳でしたが、気づいた時には「電話で送ったお話」が家にありました。私の父が版元（現・鹿島出版会）の編集者だったからです。この会社は、主に建築や都市計画などの専門書を中心に刊行する版元です。それがなぜ児童書……それもイタリアの童話などを出版したのか？　関係者がほとんど鬼籍に入ってしまった今となっては確かな理由がわからないのですが、児童書刊行は当時の鹿島建設社長・鹿島《かじま》卯《う》女《め》さんのたっての希望だったようです。ロダーリの作品と同時に、国内の童話を含めた四作品が刊行されました。

父は、「電話で送ったお話」の担当編集者ではなかったのですが、小規模の会社ですから会議などで詳細は知っていたのだろうと思います。私の家にあったのは、刊行日前の見本本でした。一ヵ所、誤植があって赤字が入っています。

せっかく持ってきてくれた本なのに、私はまだ自分で読むことはできませんでした。まずは母が寝しなに読み聞かせてくれたのですが、「ぶっとんだ」内容のショートショートなのでかえって目がさえてしまい、一話で満足しなかったことを覚えています。自分で文章が読めるようになってからは、本棚からときどき出して、繰り返して読みました。成長するにつれ本棚の中身は変わっていきましたが、これだけは誰にあげたり捨てたりすることができませんでした。

父は特に口に出しませんでしたが、新聞記者で、教育者で、シュールレアリストであったロダーリにシンパシーを感じていたようです。父の伯父は、戦前の山形で小学校教員から新聞記者となり、「生活綴方《つづりかた》運動」を進めていた人物松山俊太郎《まつやまとしたろう》でした。太平洋戦争開戦直前に治安維持法違反で検挙されるのですが、釈放後は病気療養のためひきこもって暮らしていました。子どもだった父は、親に言われて彼に食料や日用品を運んでいました。家を訪れるたび招き入れられ、よそでは読めない本を読ませてもらったそうです。文章を読むこと、見たまま感じたままを正直に文章にすること。おそらく父は、伯父からそうしたことを教わったのでしょう。「電話で送ったお話」

の見本を手にしたとき、ロダーリの人生と伯父のそれを重ねていたかもしれません。

“Favole al telefono”は、その後一九八三年に、小学校低学年向けで翻訳されたきりになっていました。もったいないので、編集者になってからいくつかの版元に「電話で送ったお話」復刊の企画を持ち込みました。知人の児童書編集者にも相談しました。しかし大学卒業後二十年近く経っても、良い返事は返ってきませんでした。ところが、講談社で仕事をしていたある日、ひょんなことからさらっと企画が通ってしまったのです。妙なもので、そこからは奇跡のようにご縁が繋がり、二〇〇九年春に「パパの電話を待ちながら」というタイトルで本の形になりました。

「緑の髪のパオリーノ」は初めて読む作品でしたが、改めてロダーリの世界が好きになりました。前作同様「お話っておもしろいでしょう？　想像するってすごいでしょう？　みんなと違っているってすばらしいでしょう？」という子どもたちへのメッセージが詰まっています。この本を読んだ方の心から、言葉を大切にする世界、違いを受け入れ合い、思いやる世界への道が開けていけばいいなと願っています。

# 訳者あとがき

内田洋子

あれもこれもと計画を立てていた二〇二〇年は、思いもかけない一年となった。楽しい計画の筆頭は、ジャンニ・ロダーリ生誕百周年を祝う催しだった。

「秋のロダーリさんの誕生日に合わせて、本邦初の翻訳となる『緑の髪のパオリーノ』を刊行することに決まりました！」

年明け早々、講談社からそう連絡があった。誕生日祝いに、日本語訳の本を出版して贈る。生涯、子どもたちに本を読む喜びを教え続けたロダーリへの、なんとも粋な計らいだった。

ところが三月に入ったとたんに、イタリアは新型コロナウイルスの猛襲を受けて非常事態宣言のもと、全土がロックダウンとなってしまった。感染拡大はとどまることがなく、とうとう連日千人を超える犠牲者を出す悲惨な状況へと追い込まれていった。

それからの半年間、全世界が同じ理由で難局に面し、でも誰にとっても初めての経験であり、対処法もわからないままに暮らしてきた。手探りのような状態が続き不安が増し、次第に周囲への不信感も募ってくる。

疫病は身体だけではなく、人心も蝕《むしば》む。

〈やり場のない不安や苦しみから逃れようと、自分より弱いもの（動物や植物も）をいじめない。人種や性別、社会階級や年齢、職業で差別しない。患者や医療関係者を疎外しない。いったい誰のせいだ、と悪者探しをしてはならない〉

こうしたことすべては、中世のヴェネツィアで生まれた公衆衛生学がすでに説いている。しかし、歴史は繰り返す。

「劣化せずに、より生きやすい世の中へと進みましょう」

もし今ロダーリがいたら、そう言ったのではないか。

ジャンニ・ロダーリは、一九二〇年にピエモンテ州のオメーニャに生まれた。山間《やまあい》の町で、近くのオルタ湖の水の利で鋳造産業が発展した一帯である。仕事を求めて、移住してくる人も多かった。山越えの道中でもあった。人の往来が頻繁にあり、おかげで情報の流れも早かっただろう。でも山に囲まれた土地柄の通り、いったんこうと決めたら簡単には揺らがない、ここに暮らす人々は堅固な気質の持ち主ではないだろうか。

ロダーリの父親は腕のよいパン職人だったが、家族を遺して早逝した。まだ幼かったロダーリは苦労した。どれほど寂しかっただろう。家計を、そして母親を助けるために神学校へ進み、成績優秀で十七歳で教員資格を取得する。

小学校の国語の教師として何年か働いたのち、第二次世界大戦終戦を機にジャーナリズムの道を選んだ。創刊したばかりのイタリア共産党の機関紙『ルニタ（L'Unità）』をはじめ、『ピオニエーレ（Pioniere）』『パエーゼ・セーラ（Paese Sera）』など、いくつもの新聞に関わった。

そして一九五〇年代から子ども向けの作品を書き始めるとたちまち大きな評判を呼び、一九七〇年には児童文学界のノーベル賞とされる〈国際アンデルセン賞〉を受賞。世界の児童文学界で不動の地位を得た。

一九六〇年代から七〇年代にかけてロダーリは各地の学校を訪れ、教師や図書館担当教員、児童やその親と交流を重ねた。現場の声を丹念に拾ったのである。作家であり、ジャーナリストであるロダーリの原点だ。その成果は、『ファンタジーの文法（Grammatica della fantasia）』として出版され、現在でも子どもの国語教育に携わる人々の手引き書として高い評価を得ている。

新型コロナウイルスの感染は、日本も侵食した。

〈昨日よりも感染者が十人増えた〉

〈死亡したのは五人にとどまる〉

連日の感染状況の報道は、人間の命を数字に置き換えてしまった。世の中は、数の大小では計れないのに。

皆が同調し自粛しなければ、という日本の人々の一途な気持ちは瞬く間にエスカレートして、ひとり一人の自由を圧する風潮を作ってしまった。

「小さな声に耳を澄まして」「大きなものに押しつぶされてはならない」「見えないものにも目を向けて」「天を見上げて、でも足元も忘れないで」「人と違うというのはすばらしいこと」「弱いものは強いもの」「自由を手放してはならない」

繰り返しそう書き続けていたロダーリが今いたら、なんと言っただろう。

白い肌は蠟《ろう》のよう

黒い肌は夜のよう

オレンジ色の肌は太陽のよう

黄色い肌はレモンのよう
たくさんの色は花々のよう。
虹を描くのにどの色も欠かせない。
ひとつの色だけが好きな人は
心がいつも灰色だろう。
（『肌』ジャンニ・ロダーリ）

表題の『緑の髪のパオリーノ』の原題は、『パオリーノという木』である。

生まれたときから緑色だったパオリーノの頭には、成長するにつれてやわらかな草が育ったり、悪さをするとトゲだらけの硬い草が繁ったりし、そのうち若いカシの木が生え、枝葉を伸ばし、老いて大きな木となる。パオリーノがこの世を去ってしまってからも皆の緑のままでいてほしい、と立ったまま大地に植えられて、ますます立派な木となる。その木陰では、家を持たない人が休み、子どもが遊び、女の人たちはベンチで手仕事をしながらおしゃべりし、老人はのんびり過ごすようになった。静かに皆を見守る大木は、ロダーリの目だ。

この本の中には、たくさんの不思議と楽しさと、ふとしたことで心が汚れてしまうきっかけへの注意が詰まっている。
読むうちに少しずつ身体にしみわたり、最後のページでやさしい気持ちでいっぱいになる。温かなスープのように。

二〇二〇年九月

《ジャンニ・ロダーリ年譜の一部は、イタリア文化会館　東京 https://iictokyo.esteri.it/iic_tokyo/ja/gli_eventi/calendario/2020/04/100-anni-di-gianni-rodari.html を参照》

謝辞
今西在知さん、大久保優さん、近藤萌さん、佐藤由唯さん、長岡知紗さん、福島京香さん、村松芙有子さん、矢野莉音さん、山本加奈子さん、ありがとうございました。

本書はイタリアで2010年にEdizioni EL社から刊行された『Fiabe lunghe un sorriso』を日本で初めて翻訳・出版した作品です。また、イタリア外務・国際協力省からの翻訳出版助成金対象作品に認定されました。
Questo libro è stato tradotto grazie ad un contributo del Ministero degli Affari Esteri e della Cooperazione Internazionale italiano.

|著者| ジャンニ・ロダーリ　1920年生まれ、1980年没。イタリアの作家、詩人、シュールレアリスト、教育者。1970年、国際アンデルセン賞を受賞した。20世紀イタリアで最も重要な児童文学者、国民的作家とみなされている。『チポリーノの冒険』（岩波書店）、『うそつき国のジェルソミーノ』（筑摩書房）、『二度生きたランベルト』（平凡社）、『猫とともに去りぬ』（光文社）、『パパの電話を待ちながら』（講談社）などの作品がある。

|訳者| 内田洋子　1959年神戸市生まれ。東京外国語大学イタリア語学科卒業。通信社、株式会社ウーノアソシエイツ代表。2011年『ジーノの家　イタリア10景』（文藝春秋）で日本エッセイスト・クラブ賞と講談社エッセイ賞を同時受賞。また2019年日伊両国に関する報道の業績を評価され「ウンベルト・アニェッリ記念ジャーナリスト賞」、2020年イタリア版の本屋大賞・第68回露天商賞（Premio Bancarella）の授賞式にて、「金の籠賞（GERLA D'ORO）」を受賞。近著に『サルデーニャの蜜蜂』（小学館）がある。

緑《みどり》の髪《かみ》のパオリーノ

ジャンニ・ロダーリ｜内田洋子《うちだようこ》 訳



2020年11月13日第1刷発行

講談社文庫

定価はカバーに表示してあります

発行者――渡瀬昌彦

発行所――株式会社　講談社

東京都文京区音羽2-12-21　〒112-8001

電話　出版（03）5395-3510
　　　販売（03）5395-5817
　　　業務（03）5395-3615

Printed in Japan

デザイン―菊地信義

本文データ制作―株式会社精興社

印刷―――豊国印刷株式会社

製本―――株式会社国宝社



ISBN978-4-06-519063-0

# 講談社文庫刊行の辞

二十一世紀の到来を目睫に望みながら、われわれはいま、人類史上かつて例を見ない巨大な転換期をむかえようとしている。

世界も、日本も、激動の予兆に対する期待とおののきを内に蔵して、未知の時代に歩み入ろうとしている。このときにあたり、創業の人野間清治の「ナショナル・エデュケイター」への志を現代に甦らせようと意図して、われわれはここに古今の文芸作品はいうまでもなく、ひろく人文・社会・自然の諸科学から東西の名著を網羅する、新しい綜合文庫の発刊を決意した。

激動の転換期はまた断絶の時代である。われわれは戦後二十五年間の出版文化のありかたへの深い反省をこめて、この断絶の時代にあえて人間的な持続を求めようとする。いたずらに浮薄な商業主義のあだ花を追い求めることなく、長期にわたって良書に生命をあたえようとつとめるところにしか、今後の出版文化の真の繁栄はあり得ないと信じるからである。

同時にわれわれはこの綜合文庫の刊行を通じて、人文・社会・自然の諸科学が、結局人間の学にほかならないことを立証しようと願っている。かつて知識とは、「汝自身を知る」ことにつきていた。現代社会の瑣末な情報の氾濫のなかから、力強い知識の源泉を掘り起し、技術文明のただなかに、生きた人間の姿を復活させること。それこそわれわれの切なる希求である。

われわれは権威に盲従せず、俗流に媚びることなく、渾然一体となって日本の「草の根」をかたちづくる若く新しい世代の人々に、心をこめてこの新しい綜合文庫をおくり届けたい。それは知識の泉であるとともに感受性のふるさとであり、もっとも有機的に組織され、社会に開かれた万人のための大学をめざしている。大方の支援と協力を衷心より切望してやまない。

一九七一年七月

野間省一

## 講談社文芸文庫

笙野頼子

# 海獣・呼ぶ植物・夢の死体

初期幻視小説集

解説＝菅野昭正　年譜＝山﨑眞紀子

体と心の「痛み」と向き合う日々が見せたこの世ならぬものたちを、透明感あふれる筆致で描き出した初期作品五篇。現在から当時を見つめる書下ろし「記憶カメラ」併録。

978-4-06-521790-0　しL4

笙野頼子

# 猫道

単身転々小説集

解説＝平田俊子　年譜＝山﨑眞紀子

自らの住まいへの違和感から引っ越しを繰り返すうちに猫たちと運命的に出会い、彼らと安全に暮らせる空間が「居場所」に。笙野文学の確かな足跡を示す作品集。

978-4-06-290341-7　しL3

ジョージ・ルーカス原作 マシュー・ストーヴァー著 上杉隼人／有馬さとこ訳 スター・ウォーズ〈エピソードⅢ シスの復讐〉
ジョン・ノール他原作 アレクサンダー・フリード著 稲村広香訳 ローグ・ワン〈スター・ウォーズ・ストーリー〉
ライアン・ジョンソン原作 ジェイソン・フライ著 稲村広香訳 スター・ウォーズ〈最後のジェダイ〉
ローレンス・カスダン ジョナサン・カスダン原作 ムア・ラファティ著 稲村広香訳 ハン・ソロ〈スター・ウォーズ・ストーリー〉
J・J・エイブラムス他原作 レイ・カーソン著 稲村広香訳 スター・ウォーズ〈スカイウォーカーの夜明け〉
ティモシイ・ザーン 富永和子訳 スター・ウォーズ 帝国の後継者(上)(下)
ティモシイ・ザーン 富永和子訳 スター・ウォーズ 暗黒の艦隊(上)(下)
ティモシイ・ザーン 富永和子訳 スター・ウォーズ 最後の指令(上)(下)
ジャンニ・ロダーリ 内田洋子訳 パパの電話を待ちながら
エリック・アクセル・スンド 西田佳子訳 クロウ・ガール(上)(下)

## ノンフィクション

レイチェル・ジョイス 亀井よし子訳 〈ハロルド・フライの思いもよらない巡礼の旅
M・セリグマン 山村宜子訳 オプティミストはなぜ成功するか
ダニエル・タメット 古屋美登里訳 ぼくには数字が風景に見える

## 児童文学

エーリッヒ・ケストナー 山口四郎訳 飛ぶ教室
ディック・ブルーナ 講談社編 ミッフィーからの贈り物〈ブルーナさんがはじめて語る人生と作品のひみつ〉
ディック・ブルーナ 講談社編 miffy Notepad Red
ディック・ブルーナ 講談社編 miffy Notepad White
ディック・ブルーナ 講談社編 BLACK BEAR Notepad
L・M・モンゴメリー 掛川恭子訳 赤毛のアン
L・M・モンゴメリー 掛川恭子訳 アンの青春
L・M・モンゴメリー 掛川恭子訳 アンの愛情
L・M・モンゴメリー 掛川恭子訳 アンの幸福
L・M・モンゴメリー 掛川恭子訳 アンの夢の家
L・M・モンゴメリー 掛川恭子訳 アンの愛の家庭
L・M・モンゴメリー 掛川恭子訳 虹の谷のアン
L・M・モンゴメリー 掛川恭子訳 アンの娘リラ
L・M・モンゴメリー 掛川恭子訳 アンの友だち
L・M・モンゴメリー 掛川恭子訳 アンをめぐる人々
トーベ・ヤンソン 下村隆一訳 新装版 ムーミン谷の彗星
トーベ・ヤンソン 山室静訳 新装版 たのしいムーミン一家
トーベ・ヤンソン 小野寺百合子訳 新装版 ムーミンパパの思い出
トーベ・ヤンソン 下村隆一訳 新装版 ムーミン谷の夏まつり
トーベ・ヤンソン 山室静訳 新装版 ムーミン谷の冬
トーベ・ヤンソン 山室静訳 新装版 ムーミン谷の仲間たち
トーベ・ヤンソン 小野寺百合子訳 新装版 ムーミンパパ海へいく
トーベ・ヤンソン 鈴木徹郎訳 新装版 ムーミン谷の十一月
トーベ・ヤンソン 冨原眞弓訳 小さなトロールと大きな洪水
ヤンソン(文・絵) パルッキネン(編) 渡部翠(訳) ムーミン谷の名言集
ヤンソン(絵) ニョロニョロ ノート
ヤンソン(絵) ムーミンママ ノート
ヤンソン(絵) ムーミン ノート
ヤンソン(絵) ムーミンパパ ノート

2020年9月15日現在